恋愛錯誤

Sae Taniguchi
谷口 冴

文芸社

もくじ

恋愛錯誤

プロローグ

冬至が近づいたころは、夜明けが遅い。

まだ暗いなか、池上喜久子は目が覚めた。

「うわっ、寒い」

目覚めて、起き上がった喜久子だが、あまりの寒さに、身ぶるいを一つして布団にもぐりこんだ。

「今、何時なの」

喜久子は、目覚まし時計代わりに使っている、携帯電話のディスプレイを見た。

「まだ五時じゃないの」

携帯電話を傍らに置いた。

今日は仕事が休みの日なのだ。それなのに、喜久子は早朝に、目を覚ましたのだ。

喜久子は思わず、肩からため息をついた。仰向けになっていた喜久子は、寝返りを打って、身体の右側を下にしてみた。しかし、目が冴えて寝付けなくなっていた。

「せっかく仕事が休みだっていうのに、もう」

喜久子は、無理やり目をつむった。眠れなかった。眠れなくなってしまった。

「年取ると、朝早くに目が覚めるって本当かな」

喜久子は、呟いた。呟きたくはなかったが、呟いた。

喜久子は今五十を過ぎている。独身である。一人いるのが、好きなわけでもない。なぜ今も一人なのか、自分自身もよく分からないが、独身なのである。

いずれにしても、仕事が休みの日、早朝から目が覚めたが起きてしまうには、しゃくにさわる喜久子なのだ。

そして。そして、何とはなしに思い出し始めた、昔のこと。初めはおぼろげながら、そしてそれは徐々に明確に思い出されていったのだ。

インベーダーゲーム

今から約三十年前、喜久子は、アルバイトに勤しむ大学生だった。

その日も講義が終わるやいなや、アルバイト先に飛び込んだ。制服に着替えると、すぐに喜久子は持ち場についた。

「おはようございます。交代します」

喜久子は、そこで働く社員に言った。

「おはよう」

社員が喜久子に気づき、「じゃ、わたし休憩に行くから、あと頼むわね」と言いつつ、持ち場を離れた。

「はい、いってらっしゃい」

喜久子は後ろ姿を見送った。

そうこうしているうちに、客が来た。

「今はラストシーンかな」と客が声をかけた。

「さようでございますね。ラスト二十分というところでございます」喜久子は答えた。

「じゃ、少し待つわ」と入場券を手にした客は、入らなかった。

ここは、映画館である。現在の映画館は、シネマコンプレックスが主流となり、ほとんどが入れ替え制を採っていて、途中では出入りができないが、三十年程前の劇場というのは上映中であっても、自由に出入りできた。

やがて、一本の映画が終わった。喜久子は、すかさず場内へ通じる扉を開けた。そして入口の持ち場に、すぐに戻る。

「ありがとうございました」「いらっしゃいませ」

出る客にはお礼の言葉を、入る客には歓迎の言葉を発しながら、入場券を受け取り、その半券を客に渡す。しばらくは、この繰り返しだ。

「あのう、ゲームしたいので、両替してほしいのですが」と、二十代前半くらいの男性が喜久子の所に、やってきた。

「はい、かしこまりました」と喜久子は客の出した千円札を受け取り、代わりに百円玉を十枚渡した。

この映画館には、実はもう一つの娯楽施設があった。

ゲーム機である。そのころ、そう一九七〇年代後半に国民的大流行となったテーブル型のゲーム機を設置していたのだ。なかでも、インベーダーゲームは、人気があった。映画を見るのではなく、ゲームだけをする人もいた。それぐらいゲームは人気があった。

「ありがとうございました」

丁寧にお礼を言って、男性はゲーム機に駆け寄った。

そして、次の上映が始まる。気が付けば、ロビーにいる客は先ほど両替をした彼だけになっていた。

映画の上映が始まりしばらくすると、入口の業務は暇になる。

喜久子は、ゲームをする彼を見た。

「うまいね」と、言った。彼は、ちらりとこちらを見た。そして、含み笑いをして、またゲームの画面に目をやった。

喜久子はしばらくの間、彼を眺めていた。本当に上手だ。喜久子は、そう思った。

持ち球が、減らないのだ。普通インベーダーゲームの持ち球は三つある。その三つが無くなれば、ゲームオーバーなのだ。

しかし彼はゲームオーバーにならなかった。なぜなら、持ち球が減らないから。かれこれ、一時間が経っていた。しかしまだ、彼の持ち球は減ってない。いや、実は一つ増えていた。ある点数を超えると球は増えるのだ。

「うまいね、あの人」

とっくの昔に休憩から戻っていた社員が、喜久子のそばに来て、囁いた。

「でも、あまり見ないほうがいいわよ」とも囁いた。

「はい、仕事します」と喜久子は我に返ったという様子で、社員に向き直った。

その時、彼が横目で見て含み笑いをした事を、喜久子は気づかなかった。

喜久子は、売店の商品のチェックをした。

「足りないお菓子とか、取ってきます」

そう言うと、金庫から倉庫の鍵を取り出し、倉庫に向かった。

倉庫はちょうど商品が仕入れられたばかりであったために、中が乱雑になっていた。喜久子はまずそれらを整理し、その後、不足分の商品を入れ物に詰め、持ち場に戻った。

「あのお客さん、まだ終わってないよ」

社員が、倉庫から戻った喜久子を見て言った。

「本当だ、すごいな」

喜久子は、感心した。そして、驚いた。

喜久子が倉庫にいた時間は、三十分程だ。しかしその間もゲームをずっと続けている。

喜久子には、信じがたかった。少なくとも喜久子は、そんな長い間ゲームを続けられない。自信がない。

喜久子は思わず、ゲームをする彼に声をかけた。

「すごい、お上手ですね」

その声に顔を上げた彼。次の瞬間、インベーダーの落とした爆弾に、砲台が攻撃された。持ち球が一つなくなった。

喜久子は、慌てた。

「ごめんなさい」

思いっきり腰を曲げ、頭をさげ、平謝りした。

「別にいいよ、君のせいじゃないし」

彼は、クールに言った。ただ、怒ってないかといえば、嘘だろう。

「申しわけございません。お楽しみのところを、お邪魔いたしました」

社員も一緒に、謝った。これには、彼の方が、驚いてしまった。ゲーム機のコントローラーから、手を放して立った。

「いえ、そんな……」

と、言った後、彼は口ごもった。

その間、ゲーム機の画面が三回赤くなった。ゲームオーバーである。一時間半もの間、無傷で戦った戦士が、数秒で敗北した。社員が出たことで、気まずくなったのか。

そんなつもりではなかった。部下が、不祥事を起こした。上司が、謝るのは当たり前だ。それぐらいの気持ちで、社員は出て行った。

社員は少しバツが悪かった。どうすればいいのかと考えた。やがて、売店の奥の方に置いてある金庫まで行き、百円玉を一つ出してきた。

「これを、お使いください」と、その百円を彼に渡した。が、しかし、彼は受け取ろうとしなかった。

「もうゲームはしません。だからお金は要りません。それより、お願いがあるのです」

「何でございましょう」

彼は少し、はにかんだが、間をおいて切り出した。

「映画のタダ券くださいよ」

これには社員も喜久子も、呆然とした。喜久子は心の中で、何こいつ、と思った。

「映画代、けっこう高いでしょう、タダ券もらえたら嬉しいな」

彼は、付け加えた。しばらく沈黙があったが、やがて社員が切り出した。

「わかりました。ご用意しましょう」続けて「今すぐにはできかねますので、後日、取りに来ていただけますか」と聞いた。

「もちろん来るよ」

彼は、大喜びだった。

「約束したからね」のセリフを残し、映画館を出て行った。社員と喜久子は、後ろ姿を見送った。

「あいつ、馬鹿じゃないの」

社員が、喜久子の顔を見て言った。

「えっ、どうして」

「だって、名前も言わずに、帰っちゃったよ」

さらに社員は続ける。「次に来たって顔分かるかどうか。契約を交わしたわけじゃないから、これは無効だわ」

なるほど、そうか。喜久子には、今一つ理解できないと思ったが、一応自分自身を納得させた。

しかし、事態は思わぬ展開になることに二人は気づかない。気づくはずもないのだった。

毎日、こんな風に仕事を続ける喜久子である。アルバイトとはいえ、売店の在庫管理も任され、単価の安いお菓子やジュース類だが、販売をするのだから金銭を扱うわけで、仕事の内容は社員と変わらない。大学の講義が一日中ある時以外はアルバイトに出た。日曜日は丸一日アルバイトをしていたし、選択科目の講義がない日も、しかりである。

三日ほど過ぎたある日の出来事が、喜久子を驚かせた。

ゲーム機を設置している業者が挨拶に来た。担当者の交代に伴う挨拶だった。

事務所に来た業者二人を、支配人が劇場内に連れてきたのだった。

紹介された新しい担当者の顔は、喜久子と社員を仰天させた。

「今度、ゲーム機の業者さんが担当代わるそうだよ」

支配人は、入口の二人に伝えた。

「お世話になります。今度担当になる、松井孝です。よろしくお願いします」

新人は二人に名刺を渡しつつ、深々と頭を下げた。二人は、それぞれ名刺を受け取った。

「貴方ですか」

社員が、口を開いた。

「松井を、ご存知ですか」

前担当者が聞いた。

「二、三日前に、映画をご覧になっていましたが、その時ゲームをされていて、それがとてもお上手でしたので、覚えています」

社員が前担当者を見ながら、松井に目配せしつつ言った。

「ゲーム機会社の社員なら、うまいわけだね」

喜久子が、つい言ったので社員がたしなめた。

「失礼しました」

喜久子が、少しバツが悪いという口調で言ったので、その場が笑いに包まれた。そして、業者たちはゲーム機の設置場所へ移動した。

「あとは頼んだよ」と言って、支配人は事務所に帰っていった。

「ここの担当になることを知っていたのね、だからいつでもここに来られるというわけよ」

社員が、喜久子にだけ聞こえるように呟いた。

「ですね」

喜久子も同調した。

やがて、業者の二人はゲーム機のメンテナンスや集金の仕方などの引き継ぎを終えると、再び挨拶をするために、社員と喜久子のところに来た。

「ありがとうございました。次からは松井が参りますので、よろしくお願いいたします」

と前担当者が話す最後の方は、業者二人の言葉がステレオ効果になっていた。

「こちらこそ、よろしくお願いいたします」

こちらの二人も、ステレオ効果になっていた。業者は映画館を後にした。少し出たところで、松井が、振り向きざまにウインクした。

「えっ、何あいつ、今、ウインクした」

喜久子が慌てながら社員に言った。

「そうね、あの人、少し変かもね」

「少しね」

喜久子はかなり変だと思った。が、それ以上何も言わなかった。

その二日後に、松井がやってきた。

この日は社員が公休日なので、喜久子が一人で入口と売店業務をこなしていた。講義が無い日であったし、朝から仕事に就いていた。こんな日にあいつが来るとは、やっかいだな、と喜久子は思った。

「お世話になります」

松井は軽く会釈をして、ゲーム機の所へ行った。

「こちらこそ、お世話になります」

挨拶は、しなければいけない。喜久子は言葉を返した。

「ここは、長いの?」

松井は、集金の作業をしながら喜久子に話しかけた。

「わたしはバイトですから」

喜久子はかなりぶっきらぼうに答えた。

「ひょっとして、大学生かい」

「だったら、悪い」

「いや、悪いだなんて」

松井は少し鼻で笑うといった素振りで、返した。

しばらく黙っていた松井だったが、また、話を始めた。

「この前のこと怒っているのか」

ゲーム機から出した百円玉を、袋に入れながら話す松井。

「別に怒ってはないけど」

「いや、怒っているな、その顔は」

「顔で決めないでよ」

「少なくとも、歓迎の顔では、ないぞ」

「じゃ、どんな顔をすれば、いいわけ」

喜久子は、本当に怒りたくなってきた。情けないという気持ちにもなってきた。

「もう、タダ券くれなんて、言わないよ」

ふと呟く、松井だった。この言葉を発したのを最後に、松井は口を閉じてしまった。

作業を終えた松井は、無言のまま伝票を喜久子に手渡した。そして無言のまま、出入り口を出た。

「急に黙って、なによ」

喜久子は、松井の後ろ姿に声をぶつけた。松井は振り返らずに、手のひらだけを喜久子に向けた。

喜久子には、松井の心情が分からなかった。計り知れないと、思った。

だが、その時から妙に、松井のことが頭から離れなくなったのも事実である。

次の日は、喜久子の公休日だ。アルバイトといえど、定期的に休みを取る必要がある。労働基準局がうるさいのは、昔も今も全然と言っていいほど、変わっていない。

喜久子は、大学にいた。講義が終わった後もキャンパス内に残るのは、めずらしいことであった。

「あれ、喜久子じゃない。たまには真面目にキャンパスにいるのね」

案の定、同じ科目を選択している同期生に、そう言われた。

「たまには勉強だってするよ。一応学生だし」

喜久子は答えた。さらに続けて、こう言った。「図書館に行くことだって、ある」と。

「なるほど」同期生は至極感心したように、そう言った。

二人は笑った。この時代の大学生はこんな他愛もないことで笑ったりするのだった。

結局その日は、同期生と図書館で過ごした後、夕食を二人で食べ、下宿にそれぞれ帰った。

下宿に帰った喜久子は、悩み始めていた。実はあの日以来、松井のことが頭から離れない。困ったものだと思った。松井のことが気になって気になって、仕方がない。どうしようもない。あの態度は何なのか。理由は分からないが、考え込んでしまった。

喜久子は、何時間もそうやっていた。その夜は、机に寄りかかった状態で眠った。

朝、目が覚めると少し身体がこわばっていた。椅子に座った状態で寝たから仕方がないが、喜久子は少々悲しくなった。髪の毛を、思いっきりかきむしった。とりあえず、インスタントコーヒーを入れたが、飲む気がしない。

「体、臭いかな」

喜久子は言いつつ肩を顔の方に寄せ、腋のあたりの匂いを嗅いでみた。喜久子は下宿暮らしだ。部屋に風呂は無い。早朝に開いている銭湯もあるが、そこからは遠かった。いつも行く銭湯は、朝は開いていない。

喜久子は、タオルを濡らして体を拭いた。

「さあ、行こう」

テキストをブックバンドで固定すると、それを右肩に引っかけて、下宿の部屋を出た。

その日の講義は、午前中で終わった。学生食堂で昼食を済ませると、下宿には帰らずにアルバイト先に向かった。

「おはようございます」

事務所に入ると、喜久子は元気に挨拶した。

劇場というものは水商売みたいなもので、出勤した時には〝おはようございます〟と挨拶するものだ。アルバイトのなかには、この挨拶ができない者もいたが、喜久子には問題なかった。

制服に着替えると喜久子は、劇場内へと急いだ。

「おはようございます」

社員にも、一般的な朝の挨拶をした。

「おはよう」

売店内で作業していた社員は喜久子に向き直り、微笑んで挨拶した。そして、こう言った。

「昨日、松井さんに、あなたのこと聞かれたよ」

「えっ、聞かれたって何を聞かれたのですか」

「ああ、何だったっけ」

社員は、売店の棚に商品を並べていたが、その手を止めて言った。

「ええっ、忘れたのですか」

商品の陳列をバトンタッチした喜久子が、少し非難めかしく言うと、社員は付け加えた。

「気になる存在ってとこじゃないの、あなたのことが」

「何ですって、ひどいな」

喜久子は、思いもよらぬ社員の言葉に、わりと真剣に抗議した。喜久子はその時、顔が熱くなるのを覚えた。

「なに、赤くなっているの」

社員が、それを見逃すことはなかった。

「赤くなんかない」

喜久子は、貧血を起こしたような気分だった。

「赤い」

「赤くない」

喜久子は、口を真一文字に閉ざし、商品を機械的に並べた。物凄い勢いで、並べた。

「恋」

ぽつんと社員が言った。

「そんなんじゃないって」

喜久子が口をとがらせた。

「あら、そう」

社員は両掌を上に向けて、そう言った。

しばらくは、黙って作業を続ける二人であった。

「まんざらでもないでしょう」

社員が独り言のように言った。

喜久子は初め無視したが、やがてポツリポツリとしゃべり始めた。

「ほんとのこと言うと、困っています」

「困る？　なぜ困るの」

社員は、目を丸くして聞いた。

「困りますよ。だって」

喜久子は言いかけて、一つため息をついた。そして続けた。

「実はね、松井さんのことが頭から離れないのです。気になって気になって、仕方がないというか、何というか。いつだったか急に喋らなくなって。私は何も言ってないのに……急に怒ったみたいで。私は何も悪くないよ」

だんだんと声が小さくなり、最後の方は聞き取りにくくなっていた。

「やれやれ」

社員は、半分ため息交じりで言った。そして、空になった段ボールを手でたたみながら、目を細めて言った。

「大学生と思われるのが、嫌だったわけじゃないでしょう」

喜久子は、一瞬身体をこわばらせた。なぜ社員がそのことを知っているのだ。松井は、自分とのやりとりを他人に話したのか。そう考えると、腹が立ってきた。許せなくなってきた。情けなくなってきた。よく分からないのだが、いろいろな感情が入り混じり、複雑になった。爆発寸前とでもいうのか。

「松井さんと、何を話したのですか」

喜久子は、つとめて冷静に話した。そのつもりだった。

「あなたも興奮することあるのね。今、相当焦っているでしょう」

社員が、少しからかうように言った。しかし、ほとんど間をおかず真面目にこちらに向き直り、「困っているって言ったでしょう。松井さんのこと、好きになったでしょう」と、やんわりと聞いた。

「好きじゃない」

喜久子は即答した。そんなことじゃない、と言い切りたかった。

「松井さんは、あなたのことが好きみたいよ」

「冗談でしょう」

喜久子は、取りあいたくはないという気持ちだった。

確かに、そうかもしれない。この感情は、前にも経験がある。いわば思春期の感情ともいえるものなのか。ただそのときは、もう少し複雑だった。なんだか、いらいらするのだ。昔の恋は一種の憧れみたいなもので、少なくともいらいらはしなかった。しかし、そのときはいらいらした。感情の種類が増えた。

「まんざらでもなさそうに、見えるけど」

社員が目を細めながら言った。そして、続けた。

「落ち着いている感じだから、大学生とは思わなかったけど、大学生だったのか、って、しみじみと言っていたわよ。でも彼女を怒らせたみたいで、って気にしていたよ」

「あんな奴嫌い」

「おやおや」社員が、目を丸くした。

「怒ったのは、あっちが先だから」と、喜久子は、社員が休みだったあの日のいきさつを話した。

「そうだったのね。——もしかして、相思相愛かな」

「はい」

喜久子は、語尾を思いっきり上げて言った。

そんなこんなで、話しているうちに、上映の区切りとなった。平日なので入場者は少ないが、話題の映画であるし、封切られて一週間経っていないのでお客が出てくると、ロビーが賑やかになった。

「すみません、百円玉に両替してください」と、客が千円札を持ってきた。

「はい、かしこまりました」

喜久子は客に百円玉を十枚渡し、千円札を受け取った。客は、一言礼を言ってゲーム機に向かった。

映画の合間に、ゲームをする客は多い。客の中には、ゲームをすることがメインかと思われる人もいる。

「百円玉が、少なくなったね」

社員が、レジスターの中の百円玉を指でなぞりながら言った。

「劇場ですが、百円玉を一本お願いします」と、喜久子がインターホンで事務所に伝えた。

やがて、支配人が百円玉を持ってきた。支配人が直々に用事を引き受けるのは、非常に稀なことである。

「うわあ、支配人が百円玉持ってきた」

喜久子が、少しおどけて言った。

「私だって、たまには仕事するよ」

これまたおどけた様子で、支配人が言った。

「いやあ、みんな出ていてね。事務所に人がいなくて。電話はじゃんじゃん鳴るし」と、支配人が、孤軍奮闘しているさまを語った。

「インターバルが終わったら、事務所に入りましょうか」

社員が、言った。実はこの社員、劇場を担当する前は、事務職だったのだ。

「ああ、頼むよ」

支配人は、安心したという顔で言った。

「分かりました、一段落したら行きます」と社員が言うと、頼んだよ、という面持ちで、事務所に帰っていった。

次の上映が始まり、ロビーには人がいなくなった。

「事務所に行くけど、一人で大丈夫だね」

「大丈夫、任せてください」

喜久子の言葉は、社員を安心させた。

客が少なく落ち着いていたので、喜久子は椅子に座った。客がいるときは、原則立っていなければならないが、人がいない時には、座ってもいいことになっている。喜久子は、椅子に座った。売店の陳列ケース内の菓子が、若干少ないと感じたが、とりあえず今は、この場を離れるわけにはいかない。今は大丈夫と、考え直した。

結局その日は、勤務時間最後まで一人で、劇場を任されたことになった。勤務時間が終わり、事務所に行くと、社員が売り上げ計算をしていた。

「お疲れ」

社員は、喜久子の顔を見ると声をかけた。

「お疲れ様です」

喜久子も社員に声をかけた。そして、女子更衣室へ向かった。

私服に着替えると、事務所の傍らにある出勤簿に、退社時間を記入した。

「お先に失礼します」と、事務所を出ようとした喜久子に、社員が声をかけた。

「もう帰るの、私もすぐ上がるから、お茶でも飲みに行かない」

「いいですけど。あ、でも今日は帰ります」と、喜久子は誘いを断った。

「分かったわ、じゃまた明日ね、お疲れ様」

社員は、手を振った。

事務所を出てから、社員の誘いを断ったことを少し後悔した。悩んでいるのは事実だし、それに社員が松井と何かを話しているのなら、とても気になる。自分自身のことを何か言われているとしたら、それはとても気になることだ。でも、断ってしまったものは仕方がない。今日のところは帰るしかない。喜久子は、家路に就いた。

途中でハンバーガーを買い、下宿に帰るや否や、そのハンバーガーをかじった。

夕食を簡単に済ませた喜久子は、支度をして銭湯に向かった。そうなのだ。昨日風呂に入っていない喜久子は、身体の汚れを、早く取りたかった。風呂に入れば、松井のことも、忘れられるかもしれない。そうも、思った。

銭湯から帰ってきた喜久子は、コーヒー牛乳を、一気に飲んだ。銭湯で買ったものだ。銭湯には、コーヒー牛乳やフルーツ牛乳などが定番として置かれている。風呂上りに飲むと美味しく感じられる。だから、よく売れていた。喜久子も、よく買っていたのだった。

「はあ、何だか今日は疲れたな、もう寝よう」

喜久子は、早々と布団を敷き横になった。

しかし。しかしである。眠れない。目が冴えて眠れなくなったのだ。夕べ、中途半端な寝方をしていたから、よく眠れていいはずなのに、すぐに寝つけて当然のはずなのに、眠れない。また、あの場面が蘇ってきた。松井が、突然無口になって出て行った、あの場面。頭の中で鮮明に映し出されるのだ。

「またか」喜久子は、嫌気がさしてきた。

「もう、ヤダ」大きく寝返りを打った。

いらいらする一方だった。私が何をしたの。何か悪いことをしたの。何もしていないよ。そういう気分だった。いらいらするし、目はギラギラだし、おまけに心臓の鼓動までが、高鳴るのを覚えた。

結局、その夜は一睡もできずに朝を迎えた。

「はあああ」

長い溜息をついて、喜久子は布団から出た。

その日は、大学の講義が無い日だった。朝からアルバイトを入れていた。喜久子は、身支度を整えて下宿を出た。

事務所に着いた。

「おはようございます」

喜久子は、挨拶をしつつ、出勤簿に時間を書き入れた。社員は、すでに事務席に座っていた。

「おはよう、今日は私ここの仕事だからね。一人で場内お願いね」

社員が言った言葉に重なるように、支配人が言葉を放つ。

「実は、事務の女の子が急に辞めてね。彼女にしばらく事務をやってもらうから」

と、社員が事務席にいる理由を述べたのだ。

「しばらくの間ですか」

社員が驚いたように、言った。

「いや、しばらく頼みたい」

「今日だけだと思っていましたが」

社員が少し不満だ、という口調で言った。

「君は事務を執るのが上手いから、ずっと頼めるといいのだがね」

支配人はおだてて言った。いや、おだてたつもりだったが、実際に、社員には伝わっていないようだ。

「支配人、おだてても駄目ですよ。今日だけですよ」

「そう言わずに、頼むよ」

「今日だけ」

「一週間」支配人が、譲歩した。

「一週間ですか」社員が少し考えた。

「昨日、職安へ行って求人広告出したから、すぐに人は来るよ」

「分かりました、一週間だけですよ」と社員は、言葉に抑揚をつけて言った。

社員との話が一段落してから、支配人は、喜久子に言った。

「そういうことだから、しばらく一人でやってくれるね」

「分かりました」喜久子は答えた。

「頼んだよ」

支配人は、喜んだ。何も反論せず素直に、分かりました、と言った喜久子に対して、喜んだ。

喜久子は、金庫を持って劇場へ向かう。行ってきます、と言う挨拶を残して、事務所を後にした。

喜久子にとって、売店内の商品陳列のチェック、映画のパンフレットの準備、いろいろな作業を一人で行うのは初めてである。しかし、我ながらうまくできた、と思う喜久子であった。

「いらっしゃいませ」

一回目の上映には、四十人ぐらいの客が入った。平日でも主婦などが映画を見に来る。平日が公休日のサラリーマンだっている。日曜日と比べると、はるかに少ないが客は来るのだ。

映画が始まり、ロビーには人影が無くなった。喜久子は、椅子に座った。しばらくは、何もすることがない。一人でも、できる仕事ではある。もっとも何か問題が起こらなければの話である。問題は起こらず、昼を迎えた。社員が来た。

「お昼ご飯、食べに行っていいよ」

「そうか、交代の人がいないものね」

喜久子は、思いついたように言った。

「お先に、どうぞ。私は後でいいですから」と続けた。

「いや、いいのよ、行って」

「では、お言葉に甘えて、行ってきます」

「はい、行ってらっしゃい」と、社員は喜久子を送り出した。

喜久子は、近所のラーメン屋で食べた。ラーメンなら、比較的早く食べられる。社員だって休憩に早く行きたいはずだ。そう思った喜久子は、ラーメンを選んだわけだ。映画館に帰る道すがら、喜久子の身体が、こわばることが起きた。

「よう、飯食ったのか」

喜久子に声をかけたのは、松井だった。

喜久子は、固まった。しばらくしてやっと声が出た。

「ここで、何しているのですか」

喜久子は、かなりつっけんどんに聞いた。

「俺も飯だよ」

これまた、つっけんどんに松井が答える。

「そうですか、ごゆっくりどうぞ」

この言葉を発するころには、喜久子も落ち着きを取り戻していた。

「後で、行くから」と言い残し、松井は喜久子とは逆の方向に行った。

「なんだ、あいつ」喜久子は、歩き始めた。

「早いじゃない」

社員が、早々と帰った喜久子に言った。

「もう、仕事します」喜久子は言った。

「あ、そう」社員は言う。続けて言った。「松井さんに会わなかった？」

「えっ」驚いて喜久子が言うと……。

「さっき、ここに来たのよ。今ご飯食べに行っているから、その辺を探せばいるかもよ、と私が言ったのよ」

社員はそう言った。

「そういうこと。会ったわ、そこで」喜久子は、口を尖らせながら言った。

「あら、嬉しくはないのね」

「嬉しくなんかないですよ、夕べも眠れなかったのに」と喜久子は言った。言った後、しまった、と思った。

「あらま、眠れない、完全に恋の病だわ」

案の定、社員に、言われてしまった。

「もう、いいです。後でこっちに来るそうです」

喜久子の頭の中は、かなり混乱していた。

「こっちに来るのね、じゃ、もう私は行くね」

と社員は言うと、事務所へと帰った。

やがて、一回目の上映が終わった。四十人ぐらいの人数とはいえ、一度に出てくるとロビーには人があふれる。それぞれが、菓子を買ったり、パンフレットを求めたり、次の上映は何時に始まるかなどと聞いてくる客もいる。一人だと、なかなか大変である。しかし、喜久子は、このアルバイトをやり始めて二年ほどになる。わりと手際よく、こなしていた。

上映開始のブザーが鳴った。客は一斉に場内へと入る。二本立てなので、帰る客はいない。新たに入場してくる客も、今回はいなかった。昼食時という、いわば中途半端なころなので、入場者がいなかったのだろう。喜久子はそう考え、合点した。

「素晴らしいな」

拍手をしながら入る客がいた。

「いらっしゃい……」

言いかけて、喜久子の声が止まった。客ではない。松井だった。

「さっきから見ていたよ、テキパキ仕事をこなすな、凄いよ」

松井は、喜久子の仕事ぶりを絶賛した。

「あれくらい普通よ」と喜久子。

「ほう」と感心する松井。

今の二人に、違和感は無かった。不思議なほど、自然に会話しているように見えた。喜久子もいらいらしていなかった。二人の中にある、少なくとも喜久子の中の、変なわだかまりは無くなっていた。

とりとめのない話をした後、松井はゲーム機の点検と集金をした。日曜日にはかなりの客が入ったので、たくさんの百円玉がゲーム機に飲み込まれていた。

実は、最近問題になっていることが、この映画館でも起きていた。

「まただよ、偽百円玉」

松井はため息をつきながら、その硬貨を拾い出した。

「へぇ、ここでも」

と言って喜久子は、ゲーム機の方へ駆け寄った。

喜久子は、まだ現物を見たことがない。偽百円玉の現物を。百円玉と重さが同じなので、ゲーム機のコイン投入口にきちんと収まり、ゲームをスタートできるのだ。噂は聞いていたが実際に偽百円玉を見るのは初めてなので、喜久子は興味津々だ。

「わたし初めて見る」

喜久子は、その硬貨を手に取った。

「へぇ、なるほど、結構簡単な工作だね」

意外なほど単純な作りに、喜久子は少し拍子抜けした。

「工作か、面白い表現だな」

「簡単に作れるね、これなら」

喜久子は、硬貨を置きながら言った。

「おまえ、これ作る気か、立派な犯罪だぞ」

と言い、松井は喜久子の額を突いた。

「しないわよ、そんなこと」

喜久子は、自分の額がくすぐったくなり、自身の手で撫でた。

「最近、多いよ。ここは初めてだけど」と松井。偽百円玉を別の袋に入れ、百円玉を正規の売り上げ袋に入れた。百円玉は営業所で数えるのだ。そして売り上げの四割が、映画館側の取り分だ。これが、今ブームということもあって、かなりの儲けなのだ。

「でも、偽物使われても分からないな」

喜久子は、言った。

「本来は、映画館側に責任を問えるけど。契約書にきちんと明記してあるはずだから」松井が言う。

「監督不行き届き、ということ？」

喜久子が返す。

「なんて書いているのかな、契約書には」

松井は、しばし考え、

「確か、犯罪等は未然に防ぐこと、とか何とか書いていると思う」

「いいじゃない、内緒にしとこうよ」喜久子は、言った。

「見逃せって、言うのか。一応報告の義務が」と言いかけた松井に、内緒内緒と、手をすり合わせた。

しばらく考えていた松井だったが、名案を思いついた様子で言った。

「内緒でいいよ、その代りに、な」

「な、何」

「今度、飯食いに行こう」

「へぇ」

突拍子もない松井の意見に、喜久子は一瞬たじろいだ。

「飯食いに行こう」

松井は、同じことを二度繰り返した。

「なんで、そうなるの」

喜久子は、表情をほとんど変えずに言った。

「これ、おまえにやるから、飯、飯」

と、松井は別の袋に入れた硬貨を喜久子に差し出した。

「もう、飯、飯って。それとこれとは別問題だと思うけど。それにどさくさに紛れて、何、誘っているわけ」

喜久子は、この展開についていけなかった。

「じゃあ、報告だな」

「それ、公私混同だよ」

「ケースバイケース」

「絶対、意味違うと思うな」

「とにかく、この偽物、おまえに預けるわ」

と、喜久子の手を取り、掌に硬貨を入れた。そして嬉々として言った。

「飯食いに行こう」と。

喜久子はそれよりも、今、掌に載った偽百円玉の方に興味が湧いていた。偽物の正体を初めて知ったわけだ。この偽百円玉、実は五円玉なのである。器用にテープが巻かれている。これを作るのは結構器用な人じゃないとできないだろうと、喜久子は思った。しげしげとテープが巻いてある五円玉を眺めていたので、松井の言うことをよく聞いていなかった。

「分かった」

喜久子は、適当に返事をした。

「よっしゃあ」

松井はガッツポーズをした。

「えっ、何なの」

喜久子は我に返って、松井を見た。

「今日、行くか」

「どこへ」

「飯だよ、飯」

「はっ?」

「飯行くって言っただろ」

「言わないよ」

「オーケーしただろ」

「へっ？」

「おまえ、馬鹿か」

「なんで、馬鹿って言うの」

「人の話、全然聞いてないだろう」

「だから、何、何か言ったの」

喜久子が言い終わる前に、松井は早口でまくしたてた。

「あのさ、さっきから、ぼうっとしているけど何。そんなにその偽百円玉がめずらしいか。自分で作ったりするなよな。こっちは、迷惑しているわけだし。売り上げ減るし」

「確かに迷惑な話だよね。大問題よね。でもこれ作った人器用だと思わない」

喜久子はしみじみと、そう言った。

「ひょっとして、自分で作ろうとか思ってないよな」

「挑戦しようかな」喜久子は、おどけて言った。

「やめろよ、これは犯罪だぞ。見つけたらタダじゃおかないぞ」

「お仕置きだー、ってか」喜久子は、ますますおどける。

「勝手にしろ」

松井は、袋類を片付け作業伝票に記入し始めた。そしてそれが終わると「飯食いに行こう」と、喜久子を改めて誘った。

「どうしようかな」もったいぶる喜久子。しばらく考えて「どこへ連れてってくれるの、何食べさせてくれるの」と急に猫なで声で甘えてみた。

「おまえ、飲めるのか」松井が聞いた。何、という顔を喜久子がしたので、「酒だよ、飲むのかと聞いたのさ」と聞きなおす松井だった。

「飲むけど。大学へ入学してすぐに、コンパあるじゃない。そこで飲まされてね。競争だ、と言われて、飲み続けていたら、先輩が、先に酔いつぶれた」

「入学してすぐって、まだ十八の時？」

松井が、驚いた顔で言った。

「そうね。でも、今は大丈夫だよ。二十一だから」

「おう、そうかい」

「わたし中華が好き」

「中華か、よし行こう」

二人の意見がまとまり、次は日程の相談だ。

喜久子は、いつの間にか悩まなくなっていた。一睡もできないくらい思いつめていたのが、嘘のように、自然にふるまっていた。

「でも今日は駄目だからね」

「日曜はどうだ」

「バイトだよ」

「土曜の夜はどうだ。サタデーナイトフィーバー」

「オーケー、いいよ」喜久子は、あっさり返事した。

今日のゲーム機の業者の作業は、いつもより長かった。集金だけなら十分で終わる。今日は小一時間かかっていた。

「はい伝票、ありがとうございました」

作業を終えた松井は、喜久子の土曜の勤務終了時間を聞き、ここを出た所で待つと、言い残して出て行った。

そして、仕事が終わり喜久子は、下宿に帰った。その日はよく眠れた。朝、目覚ましが鳴るまで、気が付かないほど熟睡した。

次の日は講義が朝からびっしりあり、アルバイトには夕方から行った。

事務所に入ると、見慣れない顔があった。支配人が、いろいろと説明をしていた。スーツを着ているところを見ると、どうやら面接に来たようだ。髪が肩まであって、なかなか落ち着いた感じの女性だ。

「おはようございます」

喜久子は、元気よく挨拶をした。

「おはようございます」

支配人はじめ、事務所にいる人が返事をしてきた。面接らしき人は案の定、面食らっていた。それもそのはず、普通は夕方に〝おはようございます〟とは言わないものである。これは、一種の業界用語である。支配人はすかさず、このことを説明していた。

喜久子は、出勤簿に時間を記した。そして、更衣室へ行き制服に着替えた。そのころには、面接は終わっていた。

劇場に行くと、入口には映写技師が座っていた。

「おう、来た、交代が。助かった。ずっと座っていると、腰が痛くなってさ。ホント助かったわ」

映写技師は、一人で喋り、早々にそこを離れた。

映写室へと急ぐ技師の後ろ姿を見送った喜久子は、椅子に座った。が、すぐに立ち上がった。冷蔵ショーケースの紙パック入りコーヒー等が、無くなっていることに気付いたからだ。菓子類は倉庫に行けば、すぐに補充できる。しかし、紙パックの飲み物は、その都度電話注文しなければいけない。注文すると、近くの牛乳販売店の店主が直接配達してくれるのだ。

「すみません、牛乳類今から注文したら、持ってきてもらえますか」

喜久子は、インターホンで事務所に聞いた。牛乳無いの？　と社員に聞かれたので、フルーツ牛乳以外は残っていない、と答えた。

「すぐ電話してみるね」ということだったので、待つことにした。

十分ほど経ってから、牛乳販売店の店主が商品を台車で運んできた。

「お世話になります。すみません、無理を申しまして」

喜久子は、丁寧に礼を言った。

「まいど。うちはいつでも持ってきますよ。適当に並べさせていただきますよ」

そう言って店主は、紙パック飲料をショーケースに、びっしりと入れた。そして、いつでも配達しますから、と言いながら伝票に書き込み、三枚綴りの内の一枚を、渡してくれた。終始ニコニコして、いかにも商い人といった面持ちであった。

「毎度あり」と、これまたニコニコして店主は帰っていった。

「ありがとうございました。お世話になりました」と、喜久子は一礼して商店主を見送った。

やがて、映画が終わり、この日最後のインターバルとなった。客がパラパラとロビーに出てきた。おつまみ系の袋菓子やコーヒーが売れた。

その時、招待券を持った二人づれの客が来た。

「いらっしゃいませ、ただいまのお時間からですと、一本しかご覧いただけませんが、よろしいですか」

喜久子は、招待券をもぎる前に、客に聞いた。

「この映画って二本立てなの」

逆に、客から聞かれた。

「はい、二本立てでございます。メインの映画は、ただいまから上映いたしますが」と喜久子は答え、サブの映画の上映開始時間も念のために伝えた。

「あ、そう。でもね、その時間には来られないのよね。メインは見られるのよね」

客は、そう言うと半券も受け取らず、場内へと入っていった。

「まあ、招待客だし、問題ないわね」

喜久子は呟いた。たまに一本しか見られなかったと言って、上映終了後に文句を言う客もいる。なので、これについては納得してもらえるように、きちんと説明しなければいけない。しかし喜久子は、この場合は問題ないと考えた。

映画が始まった。最後のインターバルが終わると、売店を閉めて事務所に帰る。事務所に帰ると、当直の社員がいた。

「お疲れ」

当直は、喜久子に声をかけた。

「お疲れ様です」

喜久子も応じる。そして金庫を預けた。

「おう」と言って当直は金庫を受け取った。

金庫は手提げになっている。その金庫を、当直はすぐに事務所の奥にある大金庫にしまった。喜久子はそれを見届け、着替えをしてもいいですか、と断り、オーケーの返事をもらえたので、更衣室へ向かった。

「お疲れ」社員が声をかけた。

「今、上がりですか」

喜久子は、少しびっくりして声をかける。まだいるとは思ってもいなかったからだ。

「残業よ、事務の仕事は雑用が多いからね」

社員は、ほんの少し愚痴っぽく言った。

「大変なのですね」と言い、思い出したように付け加えた。

「今日来た人、仕事に来るんですか」

「ああ、面接に来た人ね、まだ分からない」

「来るといいですね」

喜久子は、そう言って私服に着替え始めた。

「ところで、松井さんとは進展あったの」

「今度、一緒に食事することになったけど」

喜久子が言うと、社員は喜んだ。

「やったね」と言って、喜久子の肩をポンと叩いた。喜久子がつんのめりそうになったので、慌てて手で支えた。そして「頑張ってね」と一言言って更衣室を出た。

一人になった喜久子は、何を頑張るのかと思いつつ、着替えを急いだ。事務所に行くと、まだ社員がいた。当直と話していた。喜久子は、出勤簿に時間を書き込んだ。事務所を出ようとしたとき、社員も話をやめたので、二人は一緒に事務所を出た格好になった。「お疲れ」と言う当直の声が中から響いてきた。二人は結構大きな声で「お疲れ様」と返した。

映画館がある建物の外まで二人は一緒に出たが、挨拶を交わして喜久子と社員は別れた。社員は電車で自宅へ帰り、喜久子は徒歩で帰るのであった。

喜久子は、途中で弁当を買った。注文をするとその場で作ってくれる。だから温かい。喜久子は、この店の弁当が好きだ。結構夕食にと買い求めている。喜久子の下宿には、ミニキッチンが付いているが、ほとんど料理はしない。できないのである。以前はよく作っていたが、一度サンマを焼いたとき、隣の部屋に住む男子学生に物凄い剣幕で怒られた。それ以来、料理をしなくなった。外食や出来合いのものを買うことが、ほとんどだった。

下宿に帰って、温かい弁当を食べた。次の日の、講義のレポートをチェックした後、銭湯へと出かけた。そして、帰ってからすぐに寝た。一睡もできなかったことが嘘のように、その日もよく寝た。すぐに朝が来た。

日常の雑多を繰り返すうちに、土曜日が来た。その日の喜久子の勤務は、午後からだった。前日から社員が劇場に戻ったので、気が楽になっていた。やはり一人は、困ることもある。それからは、トイレにも自由に行けた。以前面接に来た人が採用になり、事務員として、前日から働いていた。引き継ぎ業務に、二、三日必要かと思われたが、新人がすこぶる頭がいいらしくて、三時間ほどで仕事を覚えたので、社員は解放されたわけである。

「先輩が帰ってきて、嬉しい」と喜久子は、喜んだ。

「そう、そう言ってくれると、わたしも嬉しいわ。帰らなくて良かった、なんて言われなくて」

「えっ、そんなこと思ってもいないですよ」

「ありがとう。一人は大変だったでしょう、よく頑張ったね」

社員は喜久子の労をねぎらった。

「ありがとうございます、先輩が帰ってきたから、本当嬉しい。実は大変だったかも」

「ところで、今日は、確かデートの日？」

「うん」喜久子は、ちょこんと頭を下げた。

「しっかりね」

「あんまり言わないでほしいよ」

実際、そのことを気にすると、緊張してくるのであった。だから、触れられたくはない喜久子であった。

業務が終わり、私服に着替えた喜久子は、早々に事務所を出た。

映画館を出た所で、松井らしき男が立っているのを見つけた。サングラスをしていたので、すぐには分からなかった。がしかし、サングラスが似合う男って素敵、と思う喜久子でもあった。本当に似合っていた。スクリーンからそのまま出てきたスターに見えた。

「松井さん、カッコいい」喜久子が、熱い眼差しで言う。

「おう、俺はカッコいいのさ」松井は、得意げに言った。

「謙遜とかしないわけ、自分でカッコいいって言う？　普通」

喜久子は、あまりに松井が得意そうなので、吹き出しそうになりながら言った。しかし、本当に格好良かった。喜久子には、眩しく見えた。

「中華がいいって、言っていたな」と松井。さあ、行くぞといった感じで歩き始めた松井である。喜久子は、遅れまいと必死でついて行った。そろそろ街には夜のとばりがおり、ネオンの輝きが一層増していった。

＊　＊　＊

布団の中で眠ろうと、努力する喜久子だったが、思い出が浮かび、目が冴えてしまっていた。すっかり思い出に浸っている。

「松井孝か、あれは大学生の時だった。あいつはかなり変わっていたなあ」

喜久子は寝返りを打ち、呟き続けた。

「好きだった。大好きだったのに。でも突然いなくなったのよね。四年になったばかりだったかな。急に仕事を辞めて故郷へ帰っちゃった。何故、どうして、と思ったけど。わたしには何も言わずに、いなくなっちゃった。いなくなって、もう辛くて、悲しくて、だんだん頭にきて、彼を捜した。友達が役所に勤めていたから、聞いてみたっけ。他人の住民票って取れるの、って。今考えたらわたし、凄いことを思いついたものね。今のように、個人情報がどうのこうの、という時代ではなかったし。その当時は、入手できたのよね、意外と簡単だった。夏休みにあいつの故郷へ行ったのよね。びっくりしていたなあ。ここにいるはずがない、という感じだった。あいつの故郷は、有名な観光地で、そこで写真屋をしていた。代々続く老舗の写真屋さんって感じだった。で、決定打が、わたしを打ちのめした。後から出てきた女性がいた。あいつの奥さんだったのよ、きっと。左手の薬指には、お揃いの指輪が光っていたから。もう、一目散にその場を離れた。その時に知った。人って、悲しすぎると涙も出ないものだ、って」

そこまで呟いて、ため息をついた。

外が明るくなっていた。しかし空気は冷たい、という感じが、布団の中にいても分かる。部屋が冷えていた。今日あたりは霜でも降りているだろう。そんな寒さを感じた。喜久子は、布団をかぶった。そして呟きは続く。

「でも優しかった。いろいろなことを教えてくれたな。良いことも悪いことも。そういえば、一つびっくりしたことがあった。わたし、歯が痛くて困っていたのよね。もう、この世の終わりだ、ってくらい辛くて、いらいらしていて、車の中でわめいていたし。あいつ、薬局へ行って痛み止めを買ってきたっけ。優しい奴よね。でもわたし、あんまり歯が痛いものだからさ、この薬どうやって飲むのよ、水が無いのに、って当り散らした。そんなわたしを放って、どこかへ行っちゃって。もう、叫びそうだった。しばらくしてあいつは、戻ってきた。そして、ものも言わず、薬を出して、わたしの口の中に入れてさ。だから、水が無いのに飲めないよ。ワーワー言っているわたしの顔を両手で支えて、いきなりキス。何、何よと思った瞬間、水が私の口に流れ込んできたのよ。あれには本当に、驚いた。薬はちゃんと喉まで行ったか、って優しく声をかけてくれた。考えたら、水が口いっぱいだから、喋れなかったわけよね。あの時、公園の横に車を止めたのよ。水飲み場に行って、自分の口いっぱいに水を含んで、帰ってきたのよ。喋ったら、口が大洪水だったわけ。だから、声を出せなかった。そういえば、あの痛み止めはよく効いたな。すぐに歯の痛み、治まったし。そういう、優しさはあった。でも、突然消えた。結婚していた。故郷で地元の人と一緒になり、家業を継いだ。今頃、孫でもあやしているかな」

喜久子は、今となっては良き思い出に変わった一コマを懐かしんだ。

隣の電話のベルが鳴っていた。三回、四回、五回、六回、早く出たらいいのに、留守なのか、寝ているのか。あれこれ詮索してしまう喜久子であった。ここはマンションだが、隣の部屋の物音などが、よく聞こえる。電話のベルも、聞こえてくる。つい詮索してしまうのも仕方がないと、自分を納得させる喜久子である。

窓のカーテンの隙間から日差しが入ってきた。太陽がかなり昇ってきたようだ。

「大学出てからしばらくして、手話を習ったのよね。あの頃もあったな、いろいろな出会いが」

松井のことを追いかけて、自滅してから五年ばかり経って、喜久子は新たな出会いをした。寝返りを打ちながら喜久子は、過去の記憶の中に入っていった。

手話サークル

喜久子は、社会人となり、靴下を通信販売する会社に勤めていた。カタログをダイレクトメールで発送し、電話で注文を受け、商品を郵送して代金は客に振り込んでもらう、というシステムを採用している会社である。顧客は、大半がＯＬや主婦といった女性だ。ナイロン製のストッキングが主な商品だが、品質が良く、評判が口コミで広がりよく売れた。業務は多忙を極めていた。社長自らも、商品を封筒に入れた。業種の割にアットホームな雰囲気の職場が、喜久子は気に入っていた。

ある日、新入社員が来た。二人いた。二人の会話は、手話だった。

社長が、新入社員を前に招いた。

「紹介しよう。こちらが今度仕事をしてもらうことになった、塩崎秀人君だ。その隣の方は、手話通訳の方。今日は初日なので、特別に通訳をお願いした。塩崎君は耳が聞こえない。聞こえないので、声がうまく出せないそうだが、真面目そうだし、第一、仕事するのにさほど影響はないと考えて採用した。みんな、よろしく頼むよ。ちゃんと仕事を教えてあげてくれ」

社長は丁寧に彼のことを紹介した。手話通訳者は塩崎に向かって通訳をしていた。

「ヨロシクオネガイシマス。シオザキヒデトデス」

塩崎は、頭を深々と下げ挨拶をした。

「よろしく」「頑張ってね」「こちらこそ、よろしくお願いします」

社員たちが、それぞれに挨拶をした。

ミーティングが終わって、その日の業務が始まった。社長が塩崎と通訳者を連れて出て行った。今日一日は、会社全体を、社長が案内するということだ。

（耳が不自由なのか）

喜久子は、心の中で呟いた。喜久子は大学時代、三ヶ月だけだが手話同好会に籍を置いていた。社会奉仕に興味があって、手話を習い始めた。しかし、すぐに辞めてしまった。同好会の雰囲気が悪かったのだ。暗いイメージがあった。それにアルバイトを始めたこともあり、同好会には参加できなくなった。

（あの時、ずっと同好会に行っていたら、手話覚えられたな。役に立っただろうに）また、心の中で呟く喜久子。まあ、いいわ、と思いつつ自分の仕事を始めた。

一日の仕事が終わり、私服に着替えた喜久子は、社員通用口まで来た。そこには塩崎がいた。もちろん通訳者を伴っていた。

「お疲れ様です」喜久子は、声をかけた。

「お疲れ様です」通訳者が気づき、答えてくれた。

「オツカレサマ」塩崎も答えた。塩崎は、喜久子のことを覚えていた。同じ部署で仕事をするのでお願いします、と通訳者を介して話しかけてきた。

「こちらこそ、お願いします」と喜久子は、軽く頭を下げた。そして、

「お願いします、って、手話でどう表すのですか」と、通訳者に聞いた。通訳者は、右手で拳を作り、その手を鼻の辺りから前に突き出し、続いて手を開き平手にして、前に倒すように、その手を下へおろして見せた。

「これが、よろしくお願いします、の表現です」と喜久子に教えた。

「そうか、思い出した」と喜久子が言ったので、通訳者は聞く。

「習ったことあるの、手話」と。

「実は大学生の時に、少しだけ」と喜久子は、言った。

「そうなの」と通訳者は言う。

「また習いたいな」

喜久子が独り言のように言ったのを、通訳者は聞き逃さなかった。

「明日、手話サークルがあるわよ」と喜久子に言う通訳者だった。

「そうなのですか」

不意を突かれた形だったので慌てて答える、喜久子だった。

「そうよ、明日サークルがあるの、手話って結構楽しいわよ、見学自由だし、良かったら、いらっしゃい」と通訳者は喜久子を誘う。

「いいですか、わたしが行っても」と喜久子。

「もちろんよ、大歓迎よ」

と、通訳者は大喜びで、喜久子に言った。全体的に通訳者が不足しているので、手話を習ってくれる人は大歓迎する、とも言った。

「じゃあ、見学ということで、いいですか」

喜久子は、手話サークルに行くことを約束した。

次の日になった。仕事が終わった。塩崎と一緒に、手話サークルへ行くことで、話がまとまっていた。塩崎は、喜久子と同じ部署に配属されている。塩崎に、一緒にサークルへ行きましょう、と言われたのだった。

ところで、この二人、どうやって会話をしているのだろう。

実は、塩崎がノートを持っていて、書きながら意思疎通を図るのだ。筆談で話すのはかなり大変なのだが、これがなかなか新鮮で、会話が弾むのであった。一緒に仕事をするのは一日目なのに、すっかり仲良しになっていた。初めて会ったのは前日なのに、ずっと昔から親友だった気がする。そんな雰囲気がある二人だった。

やがて、手話サークルの会場に着いた。会場となっている福祉会館は、会社の近くにある。歩いて五分といったところだ。福祉会館五階、一番奥の会議室を借りて、手話サークルをやっている。豊富の会と名付けられている。漢字の読み方が、普通とは少し違う。豊富と書いてトヨトミと読む。経験豊富、人材豊富、知識豊富など、豊富という言葉には、良い意味がある。豊かということである。この会を通じて、豊かな人間関係が築けたり、心が豊かになったりすればいいという気持ちで、名付けられた。ただホウフと読むのでは面白くないと、一ひねりしたそうだ。豊富の会と書いて、トヨトミの会と読む。創始者の個性がうかがえる。喜久子は、この会のネーミングが気に入った。楽しく手話を学べそうな、気さえした。

塩崎と一緒に、会議室へ入った喜久子を、昨日の通訳者が、出迎えてくれた。

「こんばんは」喜久子は、挨拶をした。

「こんばんは、ようこそサークル……」そこまで言って喋るのを止めた。そして、聞いた。

「このサークルの名前知っている」と。

「トヨトミの会ですよね」と喜久子は、すかさず答えた。

「知っていたの、読み方」

通訳者は残念がった。ホウフの会、と普通に読むことを期待していたようで、かなり残念そうである。

「塩崎さんに教えてもらっていたから、知っていました」

「あら、もう、話したの」と通訳者は、今度は塩崎に向かって手話で言った。塩崎は、右手の親指と人差し指で輪を作り、残りの三本の指を握りしめた状態で輪を開いて、閉じて、を二回繰り返した。そうだ、という意味の手話だ。

会議室には、かなりの人がいた。喜久子は少し驚いた。こんなにたくさんの人が手話を習っているとは、思っていなかったからだ。

「結構たくさんの人が、来ているのですね。ちょっと、びっくりです」

喜久子は、自分の感想を素直に言った。

「そう思う？」

通訳者は言う。そう言った後で、「この地域の聾唖者の数からいえば、全然足りないのよ。もっとたくさんの人に、手話を習ってほしいし、教えたいとも思うわ」

通訳者は、理想を語った。

「改めて、自己紹介するわね。わたしの名前は、石川洋子と申します。よろしく」

石川は、右手と左手でそれぞれ拳を作り、それを一回コツンと合わせてから、次は右手だけ使い、人差し指、中指、薬指の三本を立て、それで川という字を書くように、下に向かって、下げた。

「石川さんですか、よろしくお願いします」喜久子は、頭を下げた。

この日は、見学ということだったので、皆の様子を見ていた。それぞれに一所懸命に覚えようとしているのが、見て取れた。初級、中級、上級に分かれているようだ。皆、本当に熱心に勉強していた。楽しそうに学んでいる。大学時代の同好会とは、まるで雰囲気が違う。手話というものが暗い陰気なイメージは、まるでない。大学の同好会には、正直そういうイメージがあった。喜久子は、完全に誤解していた。

「スコシ、シュワ、オボエマシタカ」

塩﨑が喜久子に話しかけてきた。

「少し、という手話、覚えた」と喜久子が言うと、塩﨑は喜んだ。喜久子は、右手の親指と人差し指で輪を作って、親指で人差し指の腹を弾く仕草をした。これには塩﨑がとても喜んだ。

そのうちに、時間となった。手話サークルは、週一回夕方六時から二時間開催される。午後八時、終了の時間だ。

「食事に行かない」石川が誘ってきた。

「食事ですか」

「そうよ。お腹空いてない」

石川は、喜久子にそう聞いた後、いつもサークルが終わってから、何人かで一緒に食事に行くことを話してくれた。

「そうですか。いいですね」

喜久子は、確かに空腹だった。食べに行くのもいいと思った。

「行きます。どこへ行くのですか、近くですか」

「さあ、今日はどこだろう」石川も、分からないといった様子だ。

話し合った結果、その地区ではわりと名の知れたファミリーレストランへ行くことになった。喜久子は、困ったと思った。そこは歩いて行ける場所ではなかった。喜久子は徒歩なのだ。遠くへ行くには、いわゆる足というものがない。そもそも喜久子は、そこの近所に住んでいる。大学を出てしばらくは下宿にいたが、前年の秋に引っ越した。念願の風呂付である。台所も下宿と比べると立派だった。

「わたし、止めます。足が無いから行けない」

喜久子は、少し残念だったが断った。石川はそれに対して返事はせず、大声で、部屋の隅にいる男性に言った。

「ねえ、桜木君、あなたの車にもう一人乗れる？」

「乗れますよ」と言いながら、男性が石川の所まで駆け寄って来た。

「彼女を乗せてあげてね」石川は、男性に手話で話す。

「はい、分かりました。新しい方ですか」と喜久子の方を、ちらっと見て言った男性。彼の名は、桜木道弘という。彼は難聴者である。多少の聴力はあるので、彼が話す言葉は明確だ。ただ、人の声は大声でないと聞こえない。であるから、こちら側が話すときには、うるさいくらいの声で言うか、手話を使うのだ。石川が、喜久子のことを一通り説明した。

「僕は、桜木道弘と申します。二十九歳です。独身です、よろしく」と桜木が自己紹介をした。

「あのね、オッサン、何を売り込んでいるの」

石川が、桜木の耳元で怒鳴った。

「オッサン、オッサンって何、僕は、時々言葉の意味が、分からないことがあるから、説明してください」

二人のやり取りが面白かったので、つい喜久子はクスクスッと笑ってしまった。

「さあ、行きましょう」

桜木は、喜久子をエスコートした。なかなか紳士的な人だと、喜久子は思った。

何台かの車に乗り合わせて、集団がファミリーレストランに向かった。十五人くらいは、いるのか。石川も喜久子と同じ車だった。喜久子は石川に、いつもこんなに大勢が行くのか、と聞いた。石川は、そうだと答えた。

ファミリーレストランには、二十分くらいで着いた。車で二十分、歩きでは来られなかったな、と喜久子は思った。中へ入って注文をして、料理が来るまでは、和やかに談笑する。普通のグループと何ら変わりがない。ただ決定的な違いは手話を使うこと。時々、こちらを見る人がいたが、彼らは平気だった。慣れているようだ。喜久子には、初めての光景だった。みんな楽しそうに話している。通訳をしてもらって、今どきの若者の会話をしていることが分かった。耳が不自由な人なんて、陰に隠れて暗い生活をしているのかと、思ったりしていたが、それは間違いである。皆、明るく元気に生きている。同じ人なのだ。差別があってはいけない。喜久子は、つくづくそう思った。それにもまして、驚くべきことが喜久子にはあった。ほとんどの聾唖者が、車の運転をするということだ。石川に聞いてみた。

「みんな、免許は持っているわ。昔は駄目だったようだけどね。一九七三年だったかな、民法が改正されてから、聾唖者も運転免許を取得できるようになったのよ。一定の条件があるけどね」

石川は説明した。

「なるほど、で、一定の条件って何ですか」と喜久子が聞く。

「クラクションがね、聞こえればオッケーよ。確か十メートル離れて九十ホンの音が聞こえること。もちろん補聴器をつけてていいのよ」

石川は答えた。

「さすが石川さん、くわしいですね」と喜久子。

「あら褒めてくれるの、ありがとう。まったく聞こえない人もいるのよ。まあ、ここのサークルに来ている人は、ほとんど免許持っているけど、大林君が持ってないかな。三回挑戦して、三回とも駄目だったみたい」石川は言う。

「でもなぜ、民法なの。道路交通法とかじゃないの」再び喜久子が聞く。

「うん、良い質問だね。昔は、聾唖者の社会的地位が低かった、ってことになるのかなあ。法律のことは、本当はよく分からないけど。ごめんね、これぐらいしか知らないの」

石川は、説明をした。

そこへ、桜木が来た。どうやら食事が終わったようだ。四人掛けのテーブルだが、喜久子のいる所は石川と二人だけだった。人数の都合でたまたまそうなったのだが。

「女性二人じゃ、淋しいでしょう。僕がお話ししましょう」

桜木が嬉しそうに言った。桜木は、自分のことをたくさん話した。小さいころ中耳炎にかかり、熱が出て、それが原因でだんだんと耳が聞こえなくなったこと。印刷会社に勤めていること、妹がいて、その妹は普通に耳が聞こえるとか、とにかく、ありとあらゆることを話した。

「何で、自分の話ばかりするの、一番嫌われるパターンだよ」

と石川が手を使って話した。そうだ。こっちから話すときには手話が必要なのだ、と喜久子は合点した。こういう場所では、大声も出せないのだから。

「石川さん、通訳お願いします」

石川に、言い終わらないうちに、桜木が喜久子の肩を軽く叩いた。喜久子は、桜木の方を向いた。

「僕の方を向いて、ゆっくり話してくれたら、言っていることは、分かります」と桜木は言った。

「ああ、そうですか。お話は楽しいですよ」と、言われた通りゆっくりと言った。

「ほら、僕の話、楽しいって。良かったなあ」

桜木は喜んでいた。喜久子も言葉が通じて嬉しかった。

皆の話は続いていたが、その場は一応お開きとなった。支払いもそれぞれに済ませ、ファミリーレストランの駐車場にまで来たとき、喜久子は気付いた。そういえば、塩﨑がいない。ここには来ていなかったようだ。

「ねえ、石川さん、塩崎さんは来なかったのですね」と石川に聞いてみた。

「ああ、彼はね、最終のバスが八時半なのよ。誰かに送ってもらう、とかいうのが好きじゃないのでしょう。こういう集まりには来たことないわ」

石川は、そう言った。

「そうですか」

少し残念な気がした。特に理由はないが、残念だった。

石川と喜久子は、帰りも桜木に送ってもらった。福祉会館の前まで送ってもらい、喜久子が降りようとした時だ。

「ここから、どうやって帰るのですか」桜木が聞いてきた。

「家は、すぐそこなの」喜久子は言った。

「本当ですか」と桜木はびっくりしたように、言った。

「本当です」

喜久子は、右手をパーにして、その手の親指側を顎に二回当てた。実際に顎に当たるのは人差し指だが。今日覚えた手話だ。すると、

「手の指は、開きすぎないでください。指は閉じて」

桜木が指導してくれた。

「こう？」

喜久子は、手を気持ちすぼめて顎に当てた。

「はい、とっても綺麗な手です。きっと手話上手になりますよ」桜木は言った。

「手が綺麗なの、手話が綺麗なの」横にいた石川が聞く。

「両方、綺麗です」桜木は言う。

「ねえ桜木君、わたしにはそんなこと言ってくれないね」と石川は、少しすねて見せた。

「はい、もちろん綺麗です」

「声、ちっちゃいよ。聞こえない、もっと大きな声で言ってよ」石川は、手で話す。

「綺麗です」

桜木は、石川の耳元で叫んだ。石川はのけぞった。二人の様子を見て、喜久子は嬉しい気分になった。

「ああ、もう鼓膜が破れたかと思った」

石川は、耳を撫でながら言った。そして、「そろそろ帰りましょう」と言った。石川は自転車で福祉会館に来ている。別れの挨拶をしてから、自転車置き場へ向かった。

「気を付けて帰ってください」と桜木が言ってくれた。

「あなたも気を付けて帰ってね」と喜久子は答えて手を振り、その場を後にした。

喜久子の住んでいたアパートは、そこからだと五分とかからない。会社からアパートまでの距離よりも、そこからの方が、おそらく近いだろう。喜久子は帰る道すがら、考えていた。聾唖者がこんなに明るくて楽しい人たちだとは、思ってもいなかった。そもそも、大学時代の手話同好会の印象がよくなかった。手話同好会といっても、そもそも聾唖者がいなかったのだ。交流をする、ということも無かったように思う。先輩の話を聞いたり、本で手話を勉強したり、後は何もしなかった。それでは、何も分からない。しかも、耳の不自由な人は陰気だとか、家にこもっているので普段見かけることはない、と先輩から聞かされていたので、暗いイメージしかなかった。ただ手話そのものには、言葉として興味があったので、機会があれば習いたいと、思っていた。だから、あの時、会社で手話通訳者に会った時、サークルへの誘いにのったのだ。

アパートには、すぐに着いた。喜久子が借りていたのは、そこの二階の一番奥だ。夜が遅いので、ゆっくりと階段を上がった。音を立てないためだ。喜久子の隣の部屋には乳児がいる。一度乳児の母親から怒られた。夜に階段を駆け上がり、そのせいで赤ん坊が目を覚まし、泣きやまなくなり、結局一晩中、その子は寝なかったということだった。表現がオーバーなところはあるが、確かに、うるさくしたことは事実だ。鉄製の階段なので、駆け上がると靴の音が相当響く。ハイヒールのときなど、特にひどい。怒られて当然だろう。

あの日は私が、完全に悪かった。その日は、そうっと上がった。何も起こらずに部屋に辿り着けた。部屋に入ると、すぐに寝た。風呂に入りたかったが、隣には例の赤ちゃんがいる。お湯を沸かすボイラーの音も、結構うるさい。次の日の朝、シャワーを浴びるつもりで、すぐに寝た。

喜久子は、六時四十分に目を覚ました。シャワーを浴びた。トーストとコーヒーで朝食を済ませ、仕事に出かけた。

会社に着くと、通用口に塩﨑の姿があった。

「オハヨウゴザイマス」

塩﨑は、喜久子の顔を見ると、声をかけてきた。

「おはようございます」

喜久子は、右手をグーにして、それを顔の横で上から下へ動かし、次に両手の人差し指を、立てた状態で対面させて、それぞれの関節を曲げた。この手話も、昨日覚えた。

「オハヨウゴザイマス」

塩崎は、もう一度、手話付きで挨拶した。

二人は特に話をするでもなく、途中まで一緒に行った。更衣室が違うので、途中から別れるようになる。しかも、その日から毎日、塩崎が喜久子を待つようになった。そして、いつも、途中まで一緒に行くのが日課になったのだ。でも、それが結構楽しかった。喋らなくても一緒にいるのが楽しいと思えるのだ。喜久子が手話を覚えていくうちに、話せるようになり、ますます楽しくなっていった。その日課は、もう三ヶ月続いている。今では、帰りも一緒に帰っている。会社を出てからも一緒だ。喜久子のアパートの前までは一緒に帰る。手話サークルのある日には、二人で仲良く福祉会館まで行った。

しかし、それだけだった。それ以外の時に、一緒にいることはないのだ。例えば、サークル後の食事会に、塩崎は行かなかった。いくら誘っても行かなかった。さっさと路線バスに乗って帰った。たまたま時間が合うときには一緒にいるが、ずれると自分から退いていく感じであった。塩崎はそれで楽しいようなのだが、喜久子は物足りないと思っていた。もっと話がしたいし、一緒に遊びにも行きたいと思った。アパートの前で、ちょっと寄っていかない、と誘ったこともあるが、喜久子の部屋に来たことは、まだなかった。

その日の朝も変わらず、喜久子のことを塩崎は待っていた。

「オハヨウゴザイマス」塩崎は、いつものように挨拶する。

「おはよう」

喜久子も挨拶する。そして、両手を、手の甲を上にして空中に置き、それを二回上下して、次に、両手を、人差し指を立てた状態で横にした後、かい繰りをするように回し、その次には両手の人差し指を互いに絡ませ横方向に一回転させて次の動き、右手の甲を上にして、胸の横辺りから下へ少し下げて、最後の動作、右手の親指と人差し指の腹同士を二回つついた。

「今日、手話サークルあるでしょう」と塩崎に話しかけた。

「ハイ、アリマスネ」

塩崎は、もちろんサークルに行くと言った。

終業の時間となり喜久子と塩崎は、いつもと同じように連れだって会社を出た。そして福祉会館へ向かった。

そのころになって、喜久子は、あることに気づき始めていた。何でもないことなのだが、捉えようによっては不思議なのである。

塩崎は、決して馬鹿な人ではない。でも、何かが欠けている気がしてならないのだ。何だろう。分からない。話をして楽しいし、一緒にいるのも好きだ。しかし、それ以上がない。言葉では表せない。が、何かが違う。一緒に歩いていても、歩くだけなのだ。幅がない、とでもいうのか。漠然としているが、不思議なことだ。

サークル会場に着いた。エレベーターを待っていると、石川も来た。喜久子は、石川をエレベーターホールの脇に手まねきした。

「石川さん、わたし不思議に感じることがあるのですけど、後で聞いてもいいですか」

「何、わたしでわかることなら答えるけど」

エレベーターの到着を知らせるチャイムが鳴り、二人は小走りで戻った。扉が開いたエレベーターに乗りながら、「もしかして悩みとかが、あるの」と石川が小声で言うと、喜久子は小さくうなずいた。

エレベーターが五階に着いた。喜久子と石川そして塩崎の三人の他に、二人エレベーターに乗っていたが全員五階で降りた。他の二人は別の会議室へと入った。

「じゃあ、後でゆっくり話そう」

石川はそう言い、喜久子も納得して、サークルの部屋に入った。手話を習い始めて三ヶ月、喜久子の上達ぶりは凄かった。皆が驚くほどだ。そして、大いに期待されている。

喜久子たちが入室するのとほぼ同時に、三人の女性が入ってきた。どうやら、ここへ来たのは初めてのようだ。

「すみません、手話サークルホウフの会は、こちらですか」

三人のうちの一人が聞いてきた。

「はい、そうですが」石川が答えた。

「手話を覚えたいと思って、こちらに来ました」とその女性は言った。

「そうですか、どうぞ」

石川が、部屋の奥の方へと案内した。まだセッティングが終わっていなかったので、三人は部屋の後ろの方で待機した。うちの一人が、手伝います、と机を並べている人に声をかけた。しかし、その人は応答しなかったので、三人はそのまま立っていた。

石川が喜久子に話しかけた。

「今来た、あの三人、あなたが担当して」と。

「えっ、わたしが、ですか。できませんよ」

喜久子は、右手で自分の頬をひねる動作をした。その動作を、繰り返した。

「無理、無理」を連発したのだ。

「まずは、手話のあらましを説明して。例えば手話の歴史とかさ。指文字を教えたりして。それに、ホウフじゃなくてトヨトミだって言ってね。できるでしょう。大丈夫だよ、あなたなら。よろしく」

石川は、早口で言い、喜久子に口を挟む機会を与えなかった。

「分かりました、頑張ってみます」喜久子は言った。

「はい、よろしく」

石川は、喜久子の背中をポンと叩いた。

三人のもとへ行った喜久子は、石川に言われた通りに、三人に対して説明を始めた。途中で、仕事の都合で遅れて来た桜木が加わってから、そのグループは盛り上がった。どうやら三人は、楽しいひとときを過ごせたようだ。

「ありがとうございます」と三人は、口々に礼を言い、帰って行った。

「今日は、二人だけでどこかへ行こうか」と石川が喜久子に声を掛けた。

「あ、はい」

「どこがいい？　どこか、落ち着ける場所がいいわね」

「わたしのアパートに来ませんか、ここから近いですよ」

「あら、いいわね。お邪魔してもいいの」

「もちろんです」

二人は喜久子のアパートへ行くことにした。

塩崎は帰路に就く。いつものメンバーは食事へと向かう。二人を除いては、だ。

石川は、自転車置き場から自分の自転車を持ってきた。喜久子は徒歩だ。二人は喜久子のアパートに向かって、歩き始めた。石川は、自転車を押しながら。

「悩みは、なーに」

石川は、優しく聞いた。喜久子は、自分が抱いた素朴な疑問を、ぶつけるのであった。

「ああ、そういうことなの。やっぱり大学出ている人は考えることが違うわね。凄い、三ヶ月で、それに気づくとは」

石川は語り始める。喜久子が不思議だと思った〝それ〟について。

「これは、あくまでもわたしの個人的な意見にはなるのだけどね。聾唖者っていうものは、いわば社会から隔離された面があってね。音が聞こえないというのは、そういうことなのよ。いろいろな情報が入らないからね。テレビも見られないし、人々の会話が聞こえないでしょう。だから、取り残されているの」

「テレビは見なくても、新聞を読めば問題ないでしょう」

喜久子は、口を挟んだ。石川は言う。

「新聞を見ても理解ができなければ、情報にはならないの。教育制度にも問題があるかもね。少し前までは、聾学校では手話を使うことをしなかった。授業などでは、手話は一切ない。第一、先生が手話できないもの。きちんとした教育を受けないと、物事を判断することは、難しいものなのよ。少なくとも、わたしはそう感じているわ」

石川がここまで話したところで、喜久子のアパートに着いた。喜久子は石川に、自分の部屋は二階にあると言い、自転車置き場も案内した。石川が自転車を置いてから、二人は二階へ上がった。その際、階段を勢いよく上がって音を立てると、隣の赤ちゃんに悪影響があることも話した。

「赤ちゃんは、泣くのが仕事でしょう、あまり神経質にならなくても」

石川は言う。

「でも一回、凄く怒られた」

喜久子は、その日のことを話した。

「そりゃあ、夜はね。確かに。今も、もう赤ちゃんは寝ているわね。ゆっくり行きましょう」石川は言う。

石川を部屋の中へ案内した喜久子は、やかんに水を入れてガスコンロにかけた。

「綺麗にしているわね、感心、感心」と部屋の片付け具合を褒めた。

「物が無いから、散らかしようがない、とか」

喜久子は、つい友達にひやかされたことを思い出し、それを言った。

「あらら、あなた素直じゃないわね」

「ごめんなさい、石川さんと話していると、なんだか母と話しているみたい」

と喜久子が言ったので、石川は苦笑いした。そして、「おい、お茶早くしろ」と言った。

「えっ、今度はお父さんになっちゃった」と喜久子。

「まあ、それぐらい年違うかなあ、お父さんにもお母さんにもなるわよ、この母は厳しいよ」

石川のこの言葉に喜久子は、しばし呆然。それを見て石川が笑う。喜久子もふき出した。

二人は大笑いした。

「コーヒーはインスタントしか無いけど、いいですか」

「いいわよ、砂糖もミルクもいらないから」

「コーヒーの粉だけでいい？」

「いいわ」

「ホントに？」喜久子は、意味深な笑いを浮かべる。

「えっ、何、何かわたし変なこと言った？」

石川がうろたえたので、喜久子は説明した。

「実は、友達の家でコーヒーを飲むときね、わたしはお砂糖もミルクも入れないから、コーヒーだけでいいよって言ったの。そしたらね、コーヒーの粉だけ入っていたの。お湯が入ってないよ、ってことがあって、何か笑うに笑えなかった。そんなことがあったから、ちょっと言ってみた。大丈夫、お湯はちゃんと入れますよ」

石川が笑った。声にならない笑い方をしていた。

「えっ、そんなにウケました？」

「もう、笑わせないでよ、お腹痛い、イタイ」

石川はしばらく笑っていた。落ち着いたときには、コーヒーが飲みごろになっていた。

「ああ、笑った後のコーヒーは、美味しいわ、とっても」

石川は、本当に美味しそうにコーヒーを飲んでいる。

「美味しいですか、良かった」

喜久子は、嬉しかった。自分が入れたコーヒーを美味しいと言ってくれた。嬉しいものである。

「さっき、どこまで話したかな」

石川は、喜久子の顔を見て、言った。

「きちんと教育を受けられない、のが、どうとかこうとか」

「そうね、そうだったわね」

コーヒーを飲み干して、ゆっくりと話し始めた。喜久子が、おかわりを勧めたが、要らないと言われたので、自分の分だけ二杯目を入れた。

「聞こえないということは、思いのほか弊害があるものなの。聞こえない分、神経もつかうしね。健聴者には、到底理解できないことかもしれないけれどね。わたしだって、本当のところはよく分かっていないもの」

石川は、喜久子がコーヒーを飲む姿を見て、言った。

「やっぱりコーヒーのおかわり、もらえる」と。

喜久子が、あまりにも美味しそうにコーヒーを飲むので、もう一杯飲みたくなった、とも言った。

「はい、今入れます」

喜久子は、やかんのお湯を、もう一度沸かして改めてコーヒーを入れた。

「お待たせしました。やかんのお湯って、すぐに冷めるのよね。うち、ポットが無いから、いちいち沸かさないといけないの。待たせてごめんなさい」

コーヒーを勧めながら、喜久子は言う。

石川は、一口《ひとくち》コーヒーを飲んでから、しみじみと言った。

「子供、というのでもないし。成長が、どこかで止まっているというべきか。大人になれていない、のとも違うな。本能的なものは備わっているからね。聾唖者も結婚をして、ちゃんと子供作っているしね」

「子供ね」喜久子は、思わずニンマリ。

「何、ニヤニヤしているの」

「失礼しました」

喜久子は、深々とお辞儀をした。石川は、その喜久子の仕草が、おかしくてクスクス笑った。

二人はその日、遅くまで話をした。実は、石川も独り暮らしなので、多少帰るのが遅くなっても問題はないのだ。しかし、日付が変わってしまっては、少々厄介かもしれない。石川が慌ただしく帰るのを見届けて、喜久子は寝る準備をした。そして、寝た。

次の日の朝目覚めて、喜久子はシャワーを浴びた。身体を洗い流し、さっぱりしたところで、コーヒーを飲んだ。そして、職場へ向かう。いつものように、塩崎が待っていた。喜久子は、しばらくこの状態を続けようと考えた。平日は毎日仕事に来るわけだし、同じ部署で働くものとして、仲良くするのはいいことだ。手話も覚えられるし、一石二鳥ではないか。この関係を続けようと思った。

半年ほど経った頃には、喜久子と塩崎の会話は、スムーズになっていた。喜久子は、塩崎にいろいろなことを聞いてみたいからと、必死で手話を覚えていた。塩崎は、というと、一所懸命に手話を覚える喜久子を、好きになったようだ。

その日仕事が終わって、いつものように二人で連れだって、喜久子のアパートまで帰ってきた。塩﨑が、コーヒーが飲みたい、と手で話した。

「いいよ」

喜久子は、右手の小指を立て、その立てた小指で自分の顎を二回ほどつついた。構わない、という手話である。

「アリガトウ」

塩﨑は左手を、手の甲を上にして空中に置き、右手でその甲に空手チョップをした。

部屋に入って、喜久子はお湯を沸かす。塩﨑は座敷に座る。見ようによっては、夫婦だ。

喜久子がコーヒーを準備し終わるまで、塩﨑はその様子をじっと見つめた。

「はい、どうぞ」

喜久子は、コーヒーを勧めた。美味しそうに飲む塩﨑である。

「オイシカッタ」

右手の掌を使って、左頬の輪郭部分を撫でた。

カップをテーブルに置いた塩﨑は、喜久子の肩に手を回した。そして、唇を重ねてきた。

喜久子は、とっさに顔を横に向けた。結果、塩﨑の半開きの口が喜久子の耳の下の方に当たった。喜久子のパーマをかけて縮れた髪の毛が、塩崎の鼻先をつついた。塩崎は、くしゃみをした。

喜久子は、何も言えなかった。何の前触れもなく突然来たので、びっくりした。しばらくは二人とも固まっていた。やがて喜久子が、先に表した。左手を、掌を上にして宙に置き、右手のピースサインを逆さにして左手に置き、勢いよく上へあげた。びっくりした、という意味の手話である。塩崎は、何も言わずに部屋を出て行った。

「そういえば、石川さんが言っていたな。本能的なものは備わっている、だったかな。本能か」

喜久子は、少し考えてしまった。普通の男性だ、とも喜久子は思い、今度は、びっくりしたと言ってしまったことを、少し後悔した。

「明日、謝らなければ」

そう思いながら喜久子は、コーヒーカップを片付け始めた。

翌朝、会社に着いた喜久子は、いつもと違う光景を見た。いや、見なかった、というのが正しい。塩崎の姿が、見えなかったのだ。

「あれ、どうしたのかな」

喜久子は、考えた。

いつもなら必ず来ている塩崎が、まだ来ていない。その日は、会社を休んだか。それとも、前日のことで気まずくなり、喜久子を待たずに先に行ったのか。

とりあえず喜久子は、しばらくそこにとどまった。始業に間に合うぎりぎりの時間まで待った。

「来ないな。まあ、先に行ったのかも」

喜久子は、急いで更衣室へ向かった。フロアーに着いた。ミーティングには、間に合った。

「今日は、ギリギリ。珍しいわね」同僚に、声をかけられた。

「うん、ちょっと人待ちで」

喜久子がそう言った時、課長がミーティングを始めた。

課長が、塩崎の欠勤を告げた。喜久子は、動揺した。やはり前日のことが影響したのか。だとしたら、どうしよう。でも、仕方がないことでもある。欠勤の理由は、ほかにあるかも知れない。

「それじゃあ、今日もしっかり仕事に励みましょう」

課長が締めくくり、ミーティングが終わった。喜久子は考えるのを止め、仕事に専念した。

次の日も、その次の日も、塩崎は欠勤した。喜久子は、悩んでしまった。

「石川さんにでも、相談しようかな」

そのまま放っておくのはいけないと、喜久子は思うのであった。

手話サークルの日、塩崎は来ていなかった。

「塩崎さん、来ていないね。どうしたの」

喜久子は、桜木に聞いた。

「僕は知りません。休むことも、あるでしょう」桜木は言った。

「ありがとう」喜久子は、とりあえず礼を言った。

考えてみれば、そうだ。誰も、喜久子と塩崎との間にトラブルがあったことなど知らないはずだ。会社を休んでいることも、誰も知らない。同じ会社に勤めていなければ、分からない事柄だ。知らない、と言われるのも無理はない。

いつもと同じようにサークルは始まり、時間が来ればサークルは終わる。そして、いつものように食事会がある。石川も食事に行くだろう。実は、喜久子はそのころになると、食事会には参加しなくなっていた。自分の好きな俳優が出るテレビ番組が、始まったのだ。それを見るため、サークル終了後は、すぐにアパートへ帰っていたのだ。

喜久子は、考えた。

「石川さん、明日の夜電話していいですか。相談があるので」と喜久子は、石川に聞いた。

「いいけど、今日は食事行かないの。あっ、そうか。テレビ見るから早く帰るのよね」

石川が、思い出したように言った。

「そうです。どっちにしても、今日はみんなと食事って気分でもないし」

「何か、あった？」

「まあ、いろいろと」

「分かったわ、明日ね」

石川は、喜久子の深刻そうな顔を見逃さなかった。そして、喜久子に、電話番号は分かるか、と聞いてから、メモに番号を書き渡した。

「ありがとう、明日電話します。何時頃がいいですか」

喜久子は、礼を言うと共に、様子をうかがった。

「いつでもいいわ、でも、八時過ぎの方が落ち着いているわね」

石川が言ったので、喜久子は分かりました、と言って帰り支度を始めた。

喜久子が帰る道沿いに、弁当屋ができていた。

「あ、ここか。新しくオープンしたお弁当屋さんって」

それとなく覗き込む。

「いらっしゃいませ」

そんな喜久子を、店員は見ていて、声をかけられてしまった。

「あっ、どうも」

しまったな、と思ったが、サンプルを見るとなかなかどうして、美味しそうではないか。

喜久子は、一つ買うことにした。

「焼き肉弁当を一つ、ください」

「はい、焼き肉弁当一丁。毎度あり」

注文を受けてから作るので、十分ほどお待ちください、とのことなので、喜久子は待った。開店して間が無いようで、花輪がいくつか立ててあった。やがて、肉のいい匂いがしてくる。おかずが出来上がる過程のこの匂いに釣られて、通りがかった人が弁当を買う、ということもあるだろうな、と喜久子は思った。

「お待ちどおさまです」

注文の品が、出来上がったようだ。喜久子は受け取り、代金を払った。その時、店の奥から男性が出てきた。どうやら、店主のようだ。

「ありがとうございます。これからも、ごひいきに」

こぼれる笑顔で、いかにも商売が上手そうな人のように見受けられる。

「美味しそうな匂いがしている。食べるのが楽しみです」

喜久子は、素直な感想を言った。

「ありがとうございます」

深々と頭を下げて、礼を言う店主であった。そして、付け加えた。

「夜も十時まで開けていますので、一つよろしく」

「頑張って下さい」

喜久子は、思わずそう言った。頑張って、と言うのもおかしいと思ったが、あの店主を見ていると、そう言わなければいけない気がした喜久子であった。

喜久子には、この店主から受ける印象があった。苦労をして、やっと手にした念願の自分の店。店主の身体全体から、それがにじみ出ている。何故かそう感じる喜久子であった。

その日は、弁当を食べながら、ゆっくりと好きな俳優の出るテレビを楽しんだ。実のところ、夕食の用意をしながら、あるいは片付けたりしながらテレビを見るので、いつもほとんど見ずに、番組が終わることが多いのだ。その日は、ゆっくりテレビを見られた。これから毎週、弁当を買おうかと思う喜久子であった。

翌朝、会社のミーティングで、塩崎が退職したことを課長が告げた。喜久子は驚いた。本当にびっくりした。ミーティングの後で、いてもたってもいられず喜久子は、課長に聞いた。

「課長、宜しいですか」

「何、池上君」

「塩崎さんは、どうして辞めたのですか」

喜久子は、率直に聞いた。

「理由は、よく分からない。そういえば君は彼と親しかったようだね。君の方が、実は理由をよく知っていたりして」

藪蛇だった。喜久子は、聞かなければよかった、と思った。特に理由も言わず、退職というより、勝手に来なくなった、という状態なのだろう。会社の規定もある。退職したい場合、本来なら一ヶ月前には、文書で届を出さなければいけない。突然、辞めてしまうというのは会社にとっても、いってみれば迷惑な話である。課長の言葉の裏に、そんな意味合いが込められていそうであった。喜久子は、一礼して自分の配置に戻った。

思うところはあれども、仕事には専念する喜久子である。その日も、そつなくノルマを果たし、一日を終えた。

夕方六時ごろ、喜久子の部屋の電話が鳴った。

「はい、池上です」

「こんばんは」

相手は石川であった。

「ああ、石川さん、八時ごろ、こちらから電話しようと思っていたのに」

「いいのよ、それより夕飯もう済んだ？」

「まだです。これから作ろうかと」

喜久子がそう言うと、十分後に迎えに行くから、表で待っていて、と言って電話は切れた。

十分後に石川は来た。いつもの自転車ではない。四輪の車だった。

「とうとう、買っちゃった」石川は得意げだった。

「カッコイイ車ですね」喜久子は言う。

本当に、その車は形がよかった。スポーツタイプで、青が目に鮮やかな車だ。

石川は、免許を取って十五年経つが、自分で車を買ったことが無い。このままでは、もったいない。運転免許証が、身分証明書替わりだけで終わるのはいけないから、車を買った、などと話してくれた。

「さあ、乗って」

「はい」喜久子は助手席に乗った。途端に急発進する石川だった。

「ひえぇ」一気に、全身がシートに押し付けられて、喜久子は甲高い声を上げた。

「い、石川さん、信号、赤、赤です」

喜久子は、面食らっていた。

「ごめん、まだ慣れていなくて」

石川は一応謝ってくれるが、ほとんど気にしていない様子だ。

免許は持っているが、運転をするのは十五年ぶりだというから、仕方がないといえばそうなのだが、石川の運転は喜久子を相当ビビらせていた。とにかく、目的地に無事着いた。

「はい、お疲れ」

石川が、喜久子の顔色をうかがいながら言った。

「はあ」

それ以外に、喜久子は言葉が出なかった。

「誰も私の車の助手席には、乗ってくれないのよ。でも、運転がうまくなるように練習しないといけないでしょう」

石川は、喜久子の顔を見ながら、切々と訴えた。

「わたしで良ければ、いつでも横に乗りますよ」

喜久子は、そう言った。そう言わなければいけないと判断したからだ。この運転が、上手になっていく様子を見たいとも思ったからだ。

「ありがとう、あなたって忍耐強そうね、頼もしいわ」

石川は、喜んでいた。

「それ、褒め言葉ですか」

喜久子は、いぶかしそうに言った。

「さあ」

石川はそう言ってから、高笑いをした。喜久子も、つられて笑った。

二人は、お好み焼き屋に来た。この地域では、一番人気の店だ。

「ここ、美味しいのよ」

「知っています。学生の頃は、よく来ていたから」

「ここ、市街地から遠いけど、来ていたのね」

「まあ、一人では来たことありませんけど」

喜久子はそう言って、あることを思い出していた。

この店は、松井とよく来た。松井が注文するものは、いつも決まっていた。豚玉焼きと、モツ入り焼きそばだ。そして必ず、お腹いっぱいになったと言っては、いつもゲップしていたっけ。喜久子は思い出し、クスッとした。笑ったことを石川に見られなかったか、少し不安になり石川の顔をうかがった。どうやら、気が付いてはいないようだ。喜久子は、一安心した。

「入りましょう」

石川に促されて、喜久子が店に先に入った。

二人は、豚玉焼きとモツ入り焼きそばを注文し、分け合って食べることにした。喜久子が話したのだ。学生時代に一緒に来た人が、二つを一度に食べて、必ずゲップをすることまで言った。石川は、あなたのお友達って面白いね、と言って大笑いした。

「相談って、何なの」

注文したものが焼き上がり食べ始めてから、おもむろに石川が聞いてきた。

「塩﨑さんが、会社辞めたの」

喜久子は、話し始めた。何日か前にアパートで起こったこと、その次の日から仕事に来なくなったこと。そして、自分自身に責任があるのかどうかについて、石川の意見を聞いた。

「そんなことがあったの。塩﨑君、やるわね」

石川が、茶化した。

「あのう」

喜久子は、私は真剣なのだ、という顔をした。

「ごめん、ごめん」

石川は、謝った後、しばらく考えていた。そして、

「あのね、健聴者だったら、何でもないことかも知れないのよ。まあ、何で逃げるのとか

言って怒るか、笑い飛ばすとか、何かリアクションがあるわね。というか、反応できるわけよ。聾唖者は、それができない。自分を全否定されたと、思ったのかも。性格も関係するとは思うけど、もう、この世の終わりだ、くらいに感じたのかもね」

と言った。

「そんなオーバーな」

「感情がストレートと言うのかな、あまり複雑ではない、と言うのかな。いうなれば、私たちは常にいろいろな情報や刺激に、さらされて生きているの。彼らには、それが少ないから。その結果で、こうなるのだろうね」

「よく分からない」

喜久子には、難しかった。分かるようで分からない、といったもどかしさがある。

「あなたは、どうしたい?」

今度は、石川が質問してきた。

「どうって、よく分からない。どうすればいいか。だから相談しているのに」

喜久子には、考えが及ばない。

「放っとけば。そのうちにサークルに来るようになるわよ」

石川が、今度はやけにあっさりと言う。

「その時に、一言謝っておけば」とも、言った。

「それでいいのかな」喜久子は悩む。

「今、何かアクションを起こしても、たぶんこじれるだけよ」

「うん」喜久子には、ますます分からなくなってしまった。

「それより早く食べようよ。長く置くと焦げるのよ。鉄板だからね、下、たぶん火点いているでしょう」

石川が言った通り、そばが少し焦げ始めていた。

喜久子は、釈然としないままだった。しかし、これ以上石川と話しても、解決はしないだろう。そう思い、それについては言うのを止めた。

外は、すっかり暗くなっていた。そろそろ桜の花が咲く気配を感じられるのだった。夜はまだ冷えるが、良い季節になってきた。そういう時期であった。

＊　＊　＊

また、隣の電話が鳴りだした。

「今日は、お隣留守です」

喜久子は言いつつ、携帯を覗いた。起きようという気持ちには、なれなかった。布団の中は温かくて気持ちがいい。もう少しこのままでいよう、と思った。

「結局はわたし、手話サークル辞めちゃったし、それっきり塩崎さんには、会っていないな。石川さんの話も、今は理解できる気がする。障害があるって、それだけで大変なわけだし。入ってくる情報が無いと、人の成長に大きく影響するっていうのは、よく石川さんが言っていたし。サークル辞めても石川さんとは、よく会っていたかな。そうそう、石川さんの運転は、めきめき上達していった、っけ。わたしも免許取ったのよ、その時。また新しい出会いが、あったたな」

喜久子は、別の、思い出の引き出しを開けた。

運転免許

数ヶ月が過ぎ、喜久子は手話サークルを辞めていた。手話通訳者になりたいとか、何かの目標があるわけでもない喜久子にとって、手話をやめても何ら支障はない。むしろ、あの一件以来、行くのが辛くもあったのだ。だから、日にちが経つにつれ、徐々に行かなくなり、ついには辞めた。

だが石川とはわりと頻繁に、会っていた。石川の運転はめきめき上達していった。初めは怖くて仕方のない喜久子だったが、今は安心して助手席に座れる。

「ねえ、喜久子ちゃんも免許取ればいいのに」石川が、言った。

二人を乗せた車は、高速道路を走っていた。この地域にも、やっと高速道路が開通したのだ。一部の区間の、ほんの数十キロだが、快適な道路の開通である。これから、この道はどんどん開通区間を伸ばすだろう。

「そうだね、免許か。取りたいな」

「知り合いがいるのよね」

石川が、得意げに言う。

「自分が卒業した所でしょう」

「まあ、そうだけどね」

「お金無いよ、高いでしょう」

喜久子はそう言ったが、内心はそれぐらいなら大丈夫と、思っていた。

「そうね、安くはないかな。幾らかかるか聞いてみてあげる」

「ありがとう」

喜久子は、一応礼を言った。

その日の夜、喜久子は、母に電話した。特に用事がない限り、連絡はしない。だから、逆に電話を掛けると心配されたりするのが常だった。

「何か、あったのかい」

案の定、電話に出た母は、そう言った。

「何もないよ。ちょっと電話してみたかったの」

喜久子が、少し甘えた様子で言う。

「あ、そう」

案外、そっけない母である。

「わたし、車の免許取ろうと、思っているの」

「やっぱり」

「やっぱりって、何」

喜久子は、母の言う意味が分からなかった。

「今、お父さんがね、近所の寄り合いに行っているから、お母さん一人じゃ決められないよ。お父さんに聞いてみるから、返事は明日まで待って。いいね」

そう言うと、母は電話を切ってしまった。

「えっ、何この会話、親子の会話じゃないって」

喜久子は、切れた電話の受話器に向かって文句を言った。

「だいたいどうして、いちいちお父さんに言うのよ。言わなくてもいいでしょう」

いつまでも、愚痴をこぼす喜久子であった。

一しきり言うと、落ち着きを取り戻し、風呂に入るべく用意をした。そしてその日は、早々に寝た。

次の日、仕事が終わってから、喜久子は買い物へ行った。豚肉五百グラム、鶏肉一キロ、一人暮らしにしては多い量を一度に買う喜久子であった。しかも、肉や魚しか買わない。野菜は実家から送られてくるからだ。農家だから、野菜や米は売るほど作っているのだ。喜久子が頼まなくても、それは定期的に送られてくるのだった。だから、買う必要がない。ただ、喜久子はこの過保護ぶりが、実は嫌いだった。そもそも、喜久子の家族は、喜久子に対して過保護だった。少なくとも喜久子は、そう感じていた。だから、大学に入ってすぐ家を出た。自宅通学ができる距離なのに、である。もちろん今の会社にも、自宅から通える。同じ市内に実家はあるのだ。しかし、一人で住んでいる。一種の親に対する反抗というものかもしれない。

アパートに帰った喜久子は、肉を小分けにした。それにアルミ箔を巻き、冷蔵庫の冷凍室に入れた。こうすると、早く凍るのだ。凍るまでの時間が短いと、肉の鮮度が保てるのだ。買って来たものを、整理した後、ご飯を炊く準備をした。

夜になって、母から電話がかかる。

「はい、池上です」

喜久子が電話を取ると、母は嬉しそうに喋り始めた。

「免許取りに行っていいって、お父さんが言ったよ」

「そう」

意外とそっけなく言う喜久子である。

「十五万円で、足りる？」

「えっ、お金くれるの？」

喜久子は、これには驚いた。

そうか。母は、とんだ勘違いをしていた。喜久子は報告のつもりで、母に電話をかけた。母は、金の無心だと思った。喜久子にとっては、嬉しい勘違いかも知れないが。しかし、社会に出て何年も経つ子供は、果たしていつまで親の援助を素直に喜ぶのだろうか。親子の感覚のずれは、案外こんなところにあるのかも知れない。

「ありがとう、お母さん優しいね」

喜久子は、おべっかを言う。

「こういう時だけ、優しいとか言ってくれるのかい」

母の言葉は、少し意味ありげだった。

「ホント、優しいと思っているよ」喜久子は、言う。

どうやら、この親子の例では、子供の方が、一枚上手のようだ。上手に関係を保てているのは、子供の方が親の気持ちを理解して、良くも悪《あ》しくもうまく利用しているからだろう。

「で、幾らぐらい必要なの。お父さんは十五万ぐらいだろう、って言っているけどね」

「まだ分からない。幾らか聞いてもらっているとこ」

「誰かに頼んでいるの。だったらお礼が要るの?」

「えっ、どうだろう。分からないけど」

一瞬、石川の顔が脳裏をよぎった喜久子。「要らないと思う」と、母に答えた。

「そうなの、また金額が分かったら言いなさいよ」

母が言い、その後しばらくは、母子の会話を楽しんだ。

母との電話を切った後、すぐに電話が鳴った。石川だった。石川は、教習代は十五万円もあれば充分足りる、と言った。喜久子の父の読みが合っていた。さすが一家を支える主、世間のことをよく知っていて頼もしいなと、喜久子は思った。そして、三日後に喜久子を教習所へ連れて行くと、石川は約束した。

三日が経った。その日は、半日就業だ。いわゆる、半ドンと呼ばれるものだ。半分ドンタク、半分日曜日、つまり半分休みということのようだ。ドンタクは、オランダ語のｚｏｎｄａｇからきていて、日曜日とか休みという意味である。喜久子の会社では、だいたい土曜日が半ドンだ。仕事が半日で終わるというのは、働く者にとって嬉しいことだ。

喜久子は、アパートに帰った。石川が一時半に来ることになっているので、待つことにした。しかし、時間も時間である。石川と一緒に昼食をとる約束はあるのだが、喜久子は待ちきれない。食パンを一枚用意して、トースターで焼いた。コーヒーと一緒に、それを食べ少し落ち着いた。

約束の時間に、石川は来た。二人はラーメン屋へと繰り出した。細麺でとんこつ味が人気の店で、二人とも、チャーシューメンを注文して食べた。

「美味しかったね」

「うん、とっても美味しかった」

味の余韻を楽しみながら、二人は店を出て、教習所へと向かった。

教習所へは、十分ほどで着いた。受付は二階だ。二人は二階へ続く階段を上がった。

「こんにちは、井坂さんいらっしゃいますか」

石川は、受付の女性に言った。

「よう、来たか」

石川と受付のやり取りに、横から男性が割って入ってきた。この男性はここの教官で、名前を井坂という。

「ああ、井坂さん、こんにちは」

石川は井坂に挨拶をすると、喜久子のことを紹介した。

「この前話していた人だね、頑張って免許取ってください」

井坂は、喜久子を激励した。

「よろしくお願いします」

喜久子は井坂に挨拶した。幾分緊張したようで、声が上擦った。

「彼女、運転上手になったでしょう」

井坂は、喜久子に話しかけた。

「はい、上手ですよ」と答える喜久子であった。

「彼女はね、長い間ペーパードライバーだったからね。ここで練習していたのだよ」

「そうなのですか」

喜久子は井坂の話を聞きつつ、石川の顔を見た。

「余計な話をしないでください」

石川は少し照れ臭そうだった。そして続ける。

「だって、十五年もペーパードライバーだったのよ。車に乗るからには、カッコよく乗りたいじゃあない」と。

「カッコよく、か」

三人が話しているうちに、受付が書類を用意した。入校案内や申込書等である。そして、説明を受けた。もうすでに喜久子は免許取得を決めていたので、その場で入校することにした。ただ、印鑑を持っていなかった。後日改めて来ることにした。教習中は、マイクロバスでの送迎がある。印鑑を持参する日に、お試しということで、マイクロバスに乗れるように、段取りをしてもらった。

そして、入校日となった。この自動車教習所では、月に三回、入校日というものがある。毎月一日と十日、それに二十日がそれである。喜久子の入校日は、一日だ。この日入校した仲間は十八人いた。説明を受けた後、それぞれに一人教官がつく。喜久子の担当は、例の井坂だった。

「よろしくお願いします」

喜久子は、深々と頭を下げ挨拶した。

「はい、始めようか。この車があなたの乗る車ね」井坂は説明した。

「いよいよだ」

喜久子は、思わず呟いた。

「いよいよ、ですよ。でもその前に、こっちへ来て」と、井坂はその場所へ案内した。

そこには、ハンドルがあった。壁に設えられたハンドルが並んでいた。

「このハンドルを使って、練習しましょう。とりあえず回してみて」

井坂に促されて、喜久子はそのハンドルを持った。

「わお、よく回るな」

少し手を当てただけで、そのハンドルはよく回った。

「いたずらに回さない」と言いつつ、井坂が手本を見せた。

「上手ですね」

つい口走った喜久子である。

「一応、わたしは教える人だから、下手じゃいけないよ」

「失礼しました」

喜久子は、謝った。そして、今見たようにハンドルを回してみた。しかし、上手くいかない。

「まず、十時十分の所を持って」

井坂は、細かく説明した。

何度か試すうちに、少し様になってきた。

「休憩時間とか、時間のある時に練習するといいよ」と言いつつ井坂は、車の方へ戻るように、喜久子を促した。喜久子は、ハンドル回しを止めた。

教習車の前へ来ると、井坂が言った。

「車に乗りましょう。運転席ですよ。まず運転席のドアの横に立ってください。そして、安全確認をしますよ」

とても丁寧だった。細かく説明してもらえる。かくして、喜久子の教習所通いが始まった。わりと順調に教習は進んでいった。

自動車教習所に通い始めて、三週間が過ぎた。その日は仮免許の試験日である。順調にみきわめも合格できているし、普通にできれば受かるよ、と井坂に太鼓判を押されていた喜久子だが、結果が分かるまでは不安だった。もし落ちたら、有給休暇で会社を休んでいるのに、と、妙な不安にも駆られる。

試験が終わり、結果が出るまで、三十分ほどかかるということなので、喜久子は窓からコースを見ていた。トラックが走っていた。コースを走る車は、速くは走らない。中には歩くほどの速度の教習車もあるくらいだ。その中にあって、颯爽と走るトラックは、遅い車をうまくかわしていた。

「何を見ているの」

井坂が声を掛けてきた。

「あのトラック、速い。運転も上手みたい」

喜久子は答えて、言った。

「ああ、大型教習の人だな。大型の人は、普通免許は持っているわけだから、運転は慣れているよ。普通免許を取得して三年経てば、大型免許が取れるからね」

井坂が説明してくれた。

「なるほどね」

喜久子は、感心していた。何故か分からないが、そのトラックの走りに惹かれていた。

やがて、教習が終わったのか、コース上からトラックの姿が消えていた。喜久子は、小さくため息をついた。

やがて、仮免許合格者の発表があった。果たして喜久子は、どうなのか。

「十一番」

喜久子の番号が呼ばれた。

「やったー」

喜久子は、思わず手を叩いて喜んだ。

「おめでとう」

後ろから、声が掛かった。

「ありがとう」

喜久子は、後ろを向き、とりあえず礼を言った。

後ろには男性が立っていた。がっちりとした体格の、日焼けした男性だ。いかつい顔とは対照的に、目がキラキラと輝いているのが印象的だ。

「仮免合格おめでとう、僕も来週仮免だから、あやかりたいよ」

男性は、付け加えた。

「そうなのですか、頑張ってください」

喜久子は、激励の言葉をかけた。

「ありがとう。僕は、飯寺真介。よろしく」

と飯寺という男性は、手を差し伸べた。

「わたしは池上喜久子、こちらこそよろしく」

喜久子は、握手に応じた。

「ところで来週ですか、仮免」

喜久子は、少し変だと思ったのだ。

「大型だからね、普通免許とは日程が違うから」

「そうか、来週なのね、頑張ってください」

喜久子は、改めて激励した。

「じゃあ、また、仕事に戻らないといけないから」

そう言って飯寺は、外へ出て行った。

喜久子は、思った。さっき走っていたトラックが彼だったのかと。そう考えると何だか嬉しくなった。あの走りに惹きつけられるものが、あったからかもしれない。

「マイクロバス、市街地方面が出ます」

送迎の運転手が建物の中へ入って来て、呼びかけた。

「はい、乗ります」

喜久子が慌てて外へ出て、バスに乗った。

「明日から路上教習が始まるな」

「そうだな」

後ろの座席で、男性二人が話していた。二人とも、仮免に合格したらしい。皆、良かったね、心からそう思っていた。翌日からいよいよ路上に出るのか。そう考えると、不思議だった。自分が免許を取るなどとは、ついこの間まで思ってもいなかったことだ。マイクロバスが喜久子のアパート近くの大通りに止まった。喜久子は降りた。運転手が、お疲れ様と言ってくれたので、喜久子も、お疲れさまです、と返した。

喜久子は、路上教習にも直に慣れた。運転はうまいと、井坂が褒めてくれる。嬉しかった。素直に嬉しかった。

路上教習が半分くらい終わったころ、喜久子は有給休暇を取り、昼間の教習を受けていた。検定がある前に、昼間の路上を体験しておくといい、という井坂のアドバイスがあったのだ。喜久子は普段、仕事の関係で、夜間教習を受けている。つまり、道路が暗いわけだ。夜ヘッドライトを点けて走ると、前方しか見えない。それに慣れてしまうと、昼間の明るさで周りが見えすぎて、具合が悪いこともある。というわけで、検定前に昼間の教習を受けることになったのだ。

「よう、お疲れ」

飯寺が声を掛けてきた。

「あ、こんにちは飯寺さん、もう終わりですか」

「いや、これから」

「わたしも、今からです」

「頑張って」

飯寺に激励されて、喜久子は嬉しかった。

「あ、そうだ。仮免は」

喜久子が言い終わらないうちに、飯寺はそこを離れて行った。行きながら、片手で小さくガッツポーズをした。それを見た喜久子は、おめでとうと声を掛けた。

その日の、教習が終わった。終わるとお昼だ。喜久子は、帰りにお弁当でも買おう、と考えながら、マイクロバスに乗ろうとした。その時、飯寺がまたもや声を掛けてきた。

「送ってやろうか」

「えっ、いいですよ」

喜久子は、少々驚いた。

「お昼、一緒にどうかと思ってさ」と飯寺。

「でも、バスが」

でも、送迎の車に乗らないとまずいだろうと、喜久子は言いたかった。

「断れば、今日だけ」あっさり言う飯寺だった。

よく分からないうちに、マイクロバスに乗らないことになっていた。飯寺が運転手に言ったのだ。飯寺は、喜久子を自分の車に案内した。ツーシーターで流線型のスポーツ車だ。しかも、キラキラ光るシルバーだ。

「カッコいいね」と言いつつも喜久子は、なんて派手な車と思ってしまった。

「俺の自慢の相棒だぜ」

かなり格好をつける飯寺である。

喜久子は、少し後悔し始めた。そもそも、何でこの車に乗るはめになったのだろう。考えてみれば、不思議だ。

「さあてと、どこ行こうか。何が食べたい」

「うん、何がいいかな、お寿司とか」

「寿司」

しばらく黙った飯寺だったが、口を開いた。

「回転寿司でいいか」

「いいよ」

「良かった、天然真鯛、時価なんて書かれているとこなんか、僕の安月給じゃ行けないから」

飯寺は、ほっとした様子だった。

「そんなところ行かなくていいよ。そんな鯛食べても、どうせ味分からないし」

喜久子が言うと、飯寺が高笑いした。

「それに、自分の分はちゃんと払うから」喜久子は言う。

二十分ほどで、目当ての回転寿司店に着いた。安くてネタが大きいのが自慢の店だ。二人は、さっそく中に入った。

適当に食べ、お腹も落ち着いた頃、喜久子は飯寺に聞いた。

「飯寺さんって、自分のこと、僕っていうの、俺っていうの」

「何で、そんなことを聞く」

不思議そうに飯寺が言う。

「両方、使っているから。でも、僕は、っていうのはやめた方がいいかも」

「何で？」

「あの車に、僕は似合わない」

これには、飯寺は吹き出してしまった。食べていた軍艦のイクラがこぼれた。

「じゃあ、俺か」

「ミーとかも止めてよ」

「アイマイミーマイン」

飯寺がリズムをつけて言った。

今度は、喜久子がネタをこぼした。卵焼きが、床に落ちてしまった。慌てて拾おうとした喜久子だったが、先に飯寺がカウンター備え付けの紙ナプキンをうまく使い、拾い上げていた。なんという身のこなし、喜久子はただただ、感心していた。

まるで漫才のような会話で、楽しい昼食タイムだった。

「そろそろ、仕事の時間だ」

飯寺が言ったことで、お開きとなった。

「仕事は何しているの」

と喜久子が聞く。

「何でしょう」

意味ありげに言いながら飯寺は、喜久子に名刺を渡した。

「送るよ、家どこだ」

飯寺は言った。喜久子はアパートがある町名を言った。

「なんだ、俺の会社へ行く途中じゃないか」と言いつつ、店員に、勘定の計算を頼んでいた。食べた皿の数で、値段が決まるので、レジに行く前に店員を呼ぶ必要がある。

「一緒でいいから」飯寺が、店員に言った。

「わたしの分は自分で」喜久子が財布を出した。

「いいよ、時価じゃないから払えるよ。財布しまえよ」と飯寺は言った。

「ありがとう、じゃあ遠慮せず、ご馳走になります」

喜久子は、ちゃっかりとおごってもらうことにして財布をしまった。

店員は皿の数を伝票に書き込むと、飯寺に渡した。飯寺はそれを持ち、レジへ行った。

「ご馳走様、どうもありがとう」

支払いが済んだあとで、喜久子は礼を言った。

「どういたしまして、誘ったのはミーだし」

「ミーだって」

喜久子は、両手を肩のところで開いた。

面白い人だな、と喜久子は、素直にそう思った。彼といると楽しいし、何かこう安心感のようなものがある。

食事の後送ってもらった。アパートに着いて車を降りようとしたとき、飯寺が喜久子にもう一枚名刺を渡した。何か書き込んだようだった。喜久子はそれを受け取り、礼を言って車を降りた。

夕方になって、喜久子は夕食を作ろうと、冷蔵庫を開けた。

「あっ、マヨネーズが無い」喜久子は、買い物に行くことにした。

財布を出そうと、バッグを開けた。飯寺の名刺が飛び出した。あの時、飯寺から名刺をもらったのを、そのままバッグに入れたのだった。それが出てきた。喜久子は、改めて名刺を見た。

全国チェーンの電器店の名刺だ。最近増えている。個人の電器屋が全国組織に加盟して、チェーン店の仲間入りをするのだ。個人経営より安く販売できるので、客も集まりやすい。定かではないが、そういうものらしい。名刺には肩書があった。販売主任である。そういえば名刺は二枚もらったはずだ、と喜久子は気づいた。もう一枚はどこにいった。捜した。あった。玄関の下駄箱の上にあった。車を降りるときにもらったので、手に持ったまま部屋に入り、下駄箱の上に置いたままになっていたのだ。

書いてあったものは、時間だった。店の電話番号の横に、それはあった。電話は朝十時から十一時の間、又は夕方四時半以降、と小さい字で書いてあった。

「なるほどね、電話しろよ、ってことなのね」

喜久子は呟き、名刺を整理ダンスの引き出しに入れ、買い物に出かけた。

二日ほど経った日の夕方、仕事を終えてアパートに帰った喜久子は、受話器を取っていた。プッシュボタンを押した。電話の相手は、すぐに出た。

「私、池上と申しますが、飯寺さんいらっしゃいますか」と喜久子は、言った。

「はい、お待ちください」

受話器から、軽快なリズムの音楽が流れてきた。が、ものの十秒ほどで、それは止まった。

「もしもし、ミーだけど、ユーはミス池上ですか」

飯寺が電話口に出た。

「ミーですよ」

喜久子は、リズムをつけて言った。

「おう、元気か」

「元気だよ、ねえ、飯寺さんって日曜日は仕事なの」

「仕事だよ。でも月に一度休みになるよ。因みに今度の日曜、休みだけど」

「へえ、そうなの」

喜久子は内心とても喜んだが、つとめて冷静に言った。

「何かあるのか」

「何もない、聞いてみただけ」

喜久子が、おどけて言った。

「なら、聞くな」

「怒ったの」

喜久子は、飯寺が機嫌を損ねたのかと思い、慌てた。

「どこかへ出かけるか」飯寺が、提案した。

「うん、行こう」

喜久子は、嬉しくなった。

いろいろ話して、次の日曜日に飯寺が、喜久子のアパートに迎えに来ることで、計画はまとまった。

次の日曜日の朝、飯寺が迎えに来た。二人はドライブに出かけた。

二人を乗せた車は、郊外の新緑の中を抜けて行く。峠を越えて隣県へ行くと、飯寺が言った。田舎町に美味しいうどんを食べさせる店があるそうだ。

「風が、気持ちいい」

喜久子は、車の窓を全開にしていた。山道なので、スピードもそんなに出ていない。髪の毛が風になびくが、気になるほどではない。やがて目的の場所に着いた。

「いらっしゃいませ」

勢いのある掛け声だ。

三角巾とエプロンを着けた肝っ玉かあさん風の人が、案内してくれた。道路よりもはるか下、谷間に降りていく。石で造られた階段をしばらく下に降りて、たどり着いた。縁台風になっているが、きちんと固定されていて危険が無いようになっていた。しかも畳敷き。風情がある。川のせせらぎが、涼を呼ぶ。

「たらい、二人前。あと天ぷらある？　今日は沢蟹あるの？」

飯寺が、肝っ玉かあさんに聞く。

沢蟹とは、本州や四国の綺麗な川に生息する、体長三センチメートル程のカニの一種である。カニといっても、海水ではなく淡水で生きている。から揚げにして食べることが多い。沢蟹のから揚げは、この店の名物である。

「はい、沢蟹ありますよ。あと天ぷらは、ハチクとかこごみですね。盛り合わせもいいと思いますよ。いろいろな野菜の天ぷらです」

「じゃあ、盛り合わせにして。沢蟹つけてよ」

「はい、少々お待ちください」

肝っ玉かあさんは、注文を聞き終えて、上へ登って行った。

「ねえ、たらいって何」

喜久子は飯寺に、半分笑いながら聞いた。

「出てきたら分かるよ」と飯寺は、内容をあえて言わなかった。

やがて出てきた注文の品を見て、喜久子はたまげた。確かに、たらいだった。木製のたらいだ。しかも、そのたらいは、二人分のうどんに似合ったものだから、でかかった。天ぷらが、また凄い量だった。

「凄いね」

喜久子は、感心一頻りだった。

「美味いぞ、早く食べよう」

飯寺が、箸でうどんをすくいすすった。たらいには水が張ってあり、氷も浮かんでいた。飯寺は、うどんをつるつると喉に送る。早く食べないと無くなる、そう思った喜久子は、たらいに箸をつけた。

「美味しい、これ。うどんにコシがあるね」

喜久子も、つるつると食べた。

「そうか、ハチクって筍の一種だね、忘れていた」

喜久子は、天ぷらを食べた。

「これ、可愛い」

沢蟹を見て大興奮の喜久子。

「カリカリかじると美味いぞ」

と飯寺が言った。

「食べられるの」

と言いつつ、喜久子は恐る恐るかじった。

「意外と食べやすいね、もっと硬いと思った。何か貴重なカルシウム源だね」

ぱくぱくと、沢蟹を食べる喜久子。

「おい、一人で食べるな」

飯寺が、箸を伸ばして沢蟹をつまんだ。

とても美味しかった。川の音、鳥の声、爽やかな風、すべてが料理をさらに美味しくしていた。喜久子は、大満足だった。こんな粋な場所を知っている飯寺を、頼もしく思う喜久子だった。

帰り道、峠の頂上で飯寺は車を止めた。

「写真、撮ってやるよ」

飯寺はそう言いつつ、車を降りろ、と顎で合図した。

「うわっ、凄いカメラ」

飯寺が、手を伸ばし後部座席から出した一眼レフのカメラを見て、声を上げた。プロが使うようなカメラだった。

「兄貴が、カメラ屋に勤めているから、買わされるのさ。迷惑な話だ」

と言いつつ、プロ仕様のカメラを手にして満足そうに、喜久子には見えた。

峠からは、下界が一望できる。海がブルーに輝き、街並みとのバランスがいい絶好のロケーションだ。

「綺麗に、撮ってよ」

喜久子は、ポーズをとった。

「それなりに、撮ってやるよ。って、気取るな。普通でいいの、フツーで」

飯寺は、カメラを構えた。格好は、かなり様になっていた。飯寺は、景色も交え、連続撮影で何枚もの写真を撮った。

「出来上がったら、渡すから」

飯寺は、かなりの量の写真を撮った。カメラを片付ける飯寺をしり目に喜久子は、眼下の景色を楽しんでいた。

「海が綺麗、キラキラしているね。山奥から海が見えるなんて、思わなかった」

喜久子は、太陽の光を浴びてキラキラ光る海を見て、感心した。

「あの海のそばに、俺の家があるのさ」飯寺は、言った。

「本当！」

喜久子が、感嘆の声をあげた。

「そんなに、びっくりすることないだろう」

喜久子が大きな声を出したので、飯寺はいささか驚いた。

「わたし、海大好きなの」

喜久子がニコニコして言った。

「そうか、そうなのか」飯寺は納得した。

「海のそばに住むなんて、憧れるな」

しみじみと言う喜久子であった。

「そろそろ帰るか」

片付けを終えた飯寺が言う。

「帰るの？」

喜久子は、車に乗ろうとした。ところが、飯寺がその動作を止めた。

「運転の練習してみないか」

「えっ」

喜久子は、少し驚いた。

「仮免、持っているだろう。免許を取って三年以上経つ者が、助手席に乗っていれば、仮免で運転してもいい。俺は免許取って十二年になるからオッケーだな」

飯寺が言った。

「それ知っている。教官が言っていたよ」

喜久子は、一瞬喜んだ。実は今、運転が楽しくてたまらない喜久子なのだ。

「運転席に乗れよ」

「でも、駄目よ。仮免許練習中っていう、これくらいの大きさのプレートを、車の前後に取りつけなくちゃ」と言いつつ、両手の人差し指でプレートの大きさを示した。

「おお、確かにそうだ。今度教習所で借りるか」と飯寺が、提案する。

「貸してもらえるの」喜久子が聞いた。

「さあ、分からん」飯寺は、首をかしげた。

「なんだ、知らないの。自信持って言うから」

喜久子は、少しがっかりする。

「今度、聞いてみるさ」

帰りは下りになるからなのか、早く平地まで降りた。平地から山を見上げてみて、改めて喜久子は気づいた。かなり、標高の高い山まで行っていたことに。

「どこかでコーヒー飲もうか」

飯寺が、喜久子に言った。

「賛成」

喜久子は、右手を挙げて言った。

しばらく走った所にあるドライブイン風の店に入った。コーヒーを二つ注文してから、席に着いた。二人は、外が薄暗くなるまで、話し込んだ。飯寺は、いろいろな話を喜久子にした。喜久子は、楽しいと思った。飯寺の話しぶりを聞いていると、とても安心した。包まれている気がした。飯寺は、たまに口が荒い時もあるが、静かにゆっくりと話すタイプだ。

「外、暗くなったな、帰ろうか」と言いながら、飯寺は腰を上げた。

「そうだね」喜久子も、立ち上がった。

「あっ、ここはわたしが払うわ」

飯寺が伝票を持とうとしたので、喜久子が慌てて言った。

「いいよ、今日は俺のおごりだ。次は頼む」

飯寺はそう言うと、そのままレジへ向かった。

支払いが済み、外へ出た飯寺に喜久子は近寄った。そして、

「お昼も払ったでしょう。わたしの分は取ってよ」

と千円札を二枚ほど、飯寺に渡そうとした。飯寺は受け取らない。

「男に恥をかかせるな、それなら、この次は、出してくれ」

「じゃあ、次は私が出す」

そう言って、喜久子は現金を財布にしまった。

「次は、フランス料理のフルコースでも行くか」

飯寺が意地悪く言う。

「えっ、うそ」

喜久子は、一瞬焦った。それを見た飯寺が言う。

「冗談だよ、俺、フランス料理なんてガラじゃないし」

「じゃあ、次はわたしが作る、なんてどう」喜久子が、提案した。

「ほう、手料理か、いいな。胃腸薬用意して食べに行くとするか」

飯寺が、真顔で言った。

「うわっ、ひどいな、その言い方。とっても美味しいのよ、わたしの料理」

喜久子は自慢げに言った。

「じゃ、今度食べに行くとするか」

「また今度ね」

「夕飯、どうする」

飯寺が、車のドアを開けながら言った。

「今日は、帰る」

「そうか、じゃあ、帰ろう」

本当のことを言うと、喜久子はまだ飯寺と一緒にいたかった。しかし、またお金を使わせるのが悪いと思った。だから、食事に行くのは断った。

車で三十分ほど走ると、市街地に入った。

「ここら辺りは、朝物凄く混むらしい。会社の仲間がよくこぼしているよ。一時間で着かないって」

飯寺が、おもむろに言った。

「本当に。そんなにかかってないよね」

「三十分だな。車の流れがスムーズだったからな。いかに通勤ラッシュが凄いか、ということだよ」

「なるほどね」

ほどなく、喜久子のアパートまで帰り着いた。もう真っ暗闇になっていた。街灯が明々と道を照らしていた。

「今日はありがとう。楽しかった。あのカニ可愛かったな。また連れて行ってね」

喜久子は、礼を言って、車を降りた。

「気を付けて帰れよ、遠いからな」

と飯寺は冗談が上手い。

「すぐ、そこだよ」

しかし、喜久子には通じていないようだ。

「また電話してくれ」

「あっ、そうだ」

喜久子は思いついたように、システム手帳を取り出すと、白紙のページを破りとり自分の電話番号をメモして、飯寺に渡した。

「電話してきていいよ、夕方六時過ぎたら、たいていは家にいるから」

喜久子は、そう言った。

「本当にいるのか」飯寺が疑った。

「いるよ」

きっぱり言う喜久子。飯寺は、メモをポケットに入れて、車のギヤを入れ替えた。

「じゃあ、またな」

そう言うと飯寺は、颯爽と車を発進させた。喜久子は車の後ろ姿を、手を振りながら見送った。

数日経って、喜久子は自動車教習所の、卒業検定を迎えた。

「いつも通りの運転をすれば、ばっちりだよ」

井坂は、喜久子を送り出した。

検定では、横にいつもの教官は乗らない。井坂よりも、ずっと若い人が助手席に乗るようだ。

「五番の池上さんですね。わたしは今日あなたを担当します、村田です。よろしく」

あまり強弱のない話し方の人だ。喜久子は、すっかり緊張してしまった。まるで能面のような顔の教官だ。この人が自分の運転技術を見極めるのかと思うと、喜久子は、身体中がこわばってきた。それを遠目に、井坂が見ていた。喜久子の緊張の度合いを、見逃さなかった。

「池上君は、何年《なにどし》だい」

井坂がそばに来て、喜久子に聞いた。

「えっ、なにどし」

意味が分からない、という顔で、喜久子は井坂に聞き返した。

「干支だよ、干支。えーと、なんて言うなよな」井坂が言う。

「えーと、干支は戌です」喜久子は、答えた。

「戌か、そうか」

それだけ言うと、喜久子のそばを離れて行った。

「えっ、今の何」

喜久子は、よく分からなかった。ただ一つ、気づいたことはある。井坂が喜久子の緊張を和らげてくれたのは、間違いないようだ。

「よし、検定試験終わったら、なぜ干支なんか聞きたかったのか、聞いてみよう」

いずれにしても喜久子は、極度の緊張からは解放されたようである。

「コースはBでお願いします。では、車に乗るところからスタートしてください。どうぞ。わたしは池上さんが車に乗った時点で助手席に乗りますので」

相変わらず、響きのない声で村田は話す。だが、喜久子は気にならなくなっていた。車に乗るところ、つまり最初の安全確認から試験は始まるのだ。喜久子は、息を鼻から一気に吹いた。そして、目の前にある車に挑んだ。

前方と後方の安全確認、車に乗る。問題なかった。エンジンキーを回す。音を立て、エンジンが始動した。

「では、行きますワン」

喜久子が、茶目っ気たっぷりに言った。

戌年ということで、犬の鳴き声をまねたのだが、これが意外に功を奏した。試験教官の村田が、声を出して笑った。喜久子は、すっかり緊張がほぐれた。おかげで、ゆったりとした気持ちで試験を終えられた。検定そのものは、二十分ほどで終わる。

あっという間に検定が終わり、喜久子はロビーで待機していた。そこに、予期せぬことが起こった。飯寺が、喜久子の前に現れたのだ。

「よう、検定は終わったのか」

喜久子を見つけると、飯寺は話しかけた。

「終わったよ」

喜久子は、笑顔で答えた。

「その様子なら、上手くいったようだな」

「たぶん大丈夫」

喜久子は、小さくガッツポーズをした。

「じゃあ、俺行くから」そう言って、飯寺は出口へと向かう。

「えっ、行っちゃうの」

「仕事中だぞ、ちょっと気になったから寄っただけだからな。結果電話しろよ」

立ち止まってそう言った後、少しおいて付け加えた。

「俺、一回電話したけど、出なかったな、おまえ。六時過ぎたらいるって言っていたのに」

「ごめん、いつのこと。もしかして一昨日」

「忘れた」言いつつ飯寺は、出て行った。

めずらしく喜久子の会社では、ここ数日残業となっていた。八時過ぎにアパートに帰ることが、二、三日続いたのだ。電話くれていたのか。そう思うと少しセンチになる喜久子であった。やがて、一人の教官が、ロビーに出てきた。

「それでは、本日の卒業検定試験の合格者をお伝えします。なお、番号を呼ばれた方は、連絡事項がありますので、教室に集まって下さい」

教官はそう言うと、番号を読み上げ始めた。

「一番、三番、五番、六番……」

喜久子の番号が、呼ばれた。

喜久子は、小さいが力強くガッツポーズをした。

「おめでとう」

井坂が、喜久子のそばに来た。

「ありがとうございます」

喜久子は、井坂に握手を求めた。

「よく頑張ったね」

井坂は、右手で喜久子と握手をしながら、左手で肩をたたき祝福するとともに労をねぎらった。

連絡事項を聞いた後、解散となった。次は学科試験が待っている。しかし、この教習所で行われるのではない。運転免許センターで試験はある。学科試験に合格して、晴れて自動車運転免許証をもらえるのだ。

三日後、喜久子は有給休暇を取った。学科試験を受けるためだ。試験の時間は昼の一時からだ。朝は、ゆっくり過ごした。十一時になると迎えが来た。飯寺が迎えに来たのだ。実は、二人は約束を交わしていた。喜久子は、卒業検定をパスした日の夜に、飯寺に電話をした。そして、合格したことを報告した。いろいろ話すうちに、その日の約束がまとまったというわけだ。

「おはよう」

「おはよう、今日はありがとう」

礼を言って、喜久子は飯寺の車に乗り込んだ。運転免許センターには十五分ほどで着いた。そんなに早く行かなくて良いのだが、喜久子がその方がいいと、提案した。試験場の雰囲気に慣らしたいからと言ったのだった。

「中に食堂があるから、昼飯食べよう」飯寺が言う。

「食堂なんか、あるの」喜久子は、言った。そして付け加えた。

「別に、ご飯要らない。お腹空かないもの」

「いや、食べた方がいいよ。腹が減っては、って言うだろう」

飯寺は、食べることを勧める。

「分かった」

二人は、そばを食べた。こういう場合、かつ丼でも食べるべきかもしれないが、とにかく喜久子には食欲がなかった。そばなら大丈夫、という喜久子に飯寺も合わせたのだ。

「しっかり、書いてこい」

飯寺が、喜久子の背中を押した。

「アイアイサー」

喜久子は敬礼して、試験会場がある二階へ行った。

試験が終わった。喜久子が一階へ降りていくと、飯寺は待っていた。二人は、結果発表を待った。飯寺が、自販機で缶コーヒーを二つ買って来た。

「ああ美味しい、缶コーヒーが、こんなに美味しいなんて」と喜久子は言う。

「ほっとしたんだろう。——番号何番だ」

「百六十八番だよ」

「合格かな」

「分からないよ、結構難しかったから、問題がややこしかったよ」

「そうなのさ、あれは何故か、問題が凝っている。もったいぶった書き方だよな」と飯寺は言った。

「何か、こう、何と言うか、日本語ってこんなに難しかったかな、と思った。途中で止めたくなったたし」

喜久子は、コーヒーを飲みながら、しみじみと言った。

「止めなくて良かったよ」

飯寺が、コーヒーを飲み干して言った。

三十分ほどで結果が発表された。電光掲示板に出る仕組みだった。百六十八。あった。

その数字は、見事に輝いていた。後は二週間ほど待てば、免許証がもらえる。二週間後、ここに取りに来るか、最寄りの警察署に出向けばいい。

現在は即日交付だが、その頃はまだ、日数が必要だったのだ。

その日は飯寺に送ってもらい、すぐにアパートに帰った。改めてお祝いの食事会をしようということで話はまとまり、その日は飯寺も家に帰ることにした。

「今日は、ありがとう。休みの日に付き合ってもらって、ごめんね」

喜久子は、言った。

「仕事が休みだから、付き合えたのさ。おまえこそ、有給が減ったな」

「大丈夫よ、こんなことでもないと有給なんて取れないもの」

喜久子は答える。二人は、そんな会話をして別れた。二日後の夜に食事する約束も、交わした。二日後は、夜の七時半に飯寺が喜久子のアパートへ迎えに来る手はずとなった。

約束の夜、なかなか飯寺が来ない。七時半はとっくに過ぎていた。待つのはいいが、時間が経つとお腹が空く。喜久子は、やかんに水を入れ沸かし始めた。食器棚に入れてあるカップラーメンを、取り出した。喜久子は結構よく食べる。ラーメンのすぐ後でも、普通にご飯を食べることができた。なによりも、お腹が空くといらいらする。だから、何か腹に入れようと思ったわけだ。

一時間経っても、連絡が無い。喜久子は店に電話してみた。店の営業終了を知らせるテープが流れた。

「お店、もう閉まっている。連絡のしようがないな」

独り言を言いつつ、受話器を置いた。

その日結局、飯寺は来なかった。連絡もなかった。喜久子は、少しいらいらしていた。何故、来ないの。連絡ぐらいしてくれてもいいのに、何故。日付が替わるまで待ったが、寝た。

次の日の昼休み、喜久子は会社に設置された公衆電話から、店に電話をした。電話をかけていい時間帯ではなかったが、気になって仕方がないのでかけてみることにした。そこで、夕べ喜久子のアパートに来られなかった事実を知るのだが。

「お忙しいところを恐れ入りますが、飯寺さんをお願いします。私は池上と申します」喜久子は、丁寧に話した。

「飯寺は、本日欠勤しておりますが」電話の向こうの女性が、そう言った。

「欠勤ですか。何かあったのですか」喜久子は聞いた。

「はい、休みですが。失礼ですが、飯寺とはお知り合いか何か、でしょうか」

こちらの質問に答える前に、向こうが聞いてきた。

「友達です」喜久子は、答えた。

「そうですか、実は飯寺さん、交通事故に遭われまして。今入院しています」

こちらが個人的な知り合いということが分かったせいか、名前に敬称が付いた。

「事故ですか」

喜久子は、びっくりして大声を上げてしまった。喜久子の隣で電話をしていた人が、こちらを振り返る。

「命に別状はありませんが、足を骨折しているのでしばらく入院ですね」女性はそう言った。

「病院は、どこですか」

喜久子は、落ち着きを取り戻し、静かな声で聴いた。

「中央病院です。病室は整形外科病棟の、六〇五号室です」

あっさり教えてくれた。

「お見舞いに行って、大丈夫でしょうか」

「はい、構わないと思いますけど。あの、お友達の方ですよね」

念を押された格好となった。

その日の夕方、残業があったのだが、喜久子は急用だからと言って断り、病院へ向かった。アパートとは反対方向に向かった。電車に乗るためだ。中央病院へ行くには、電車が便利だった。

二駅目で喜久子は、電車を降りた。駅の出口のすぐ前に、中央病院はある。喜久子は、病院の中へ入り、病棟へ向かった。

「六〇五ということは、六階だな」

喜久子は、エレベーターに乗った。

六階でエレベーターを降りるとすぐ、看護婦詰所がある。喜久子は、そこで看護婦に声を掛けた。

「すみません、飯寺真介さんが、こちらに入院していると思うのですが」

喜久子は聞いた。

「はい、六〇五号室です。ここを真っ直ぐに行って、左。ちょうど今看護婦が一人出て来たでしょう。そこがそうよ」

看護婦は、丁寧に教えてくれた。

喜久子は会釈をして、廊下を進んだ。手には、駅を出た所で買った花を持っていた。

「失礼します」

病室に入り、目で飯寺を捜した。窓際のベッドで飯寺は、横になっていた。

「おう、来たな」

病室へ入った喜久子を見つけた飯寺は、右手を挙げながら、喜久子に声掛けした。

「びっくりしたよ、事故だって聞いて、大丈夫なの」

「大丈夫だけど」

そこへ、一人の女性が来た。女性は喜久子に一礼して、脇に荷物を置いた。洗濯物のようだった。

「洗濯終わったから、わたしは帰るわよ」

そう言って女性は、身に着けていたエプロンを取りロッカーにしまった。脇の荷物も一緒にしまった。そしてその時、喜久子が花を持っていることに気づいたようだ。ロッカーにあった花瓶を出し、病室出入口横の洗面台でそれに水を入れて、持ってきた。

「お花、生けましょうね」

女性は喜久子が持つ花を見て、言った。

「はい、お願いします。ありがとう」

喜久子は、とりあえず礼を言った。それにしても、この人は誰なのか、喜久子は不思議に感じた。

花を生け床頭台に置くと女性は、軽く会釈をして帰って行った。

「誰、あの人」

しばらく待ってから、喜久子は聞いた。

「誰かな」飯寺は、とぼけた。

「えっ、何、誰なの」

「俺の嫁さん。まあ、只今別居中だけどな。店の連中は別居のこと知らないから、俺が事故の時、連絡した。だから当然病院に来るわな」

「結婚しているの、驚いた」

喜久子は、自分の中で整理しきれていなかった。

「別居しているけどな。今俺は、実家にいる。ほら、この前、山のてっぺんで話しただろう。海のそばだよ、実家。去年建てた家は、嫁さんが頭金出しているからな。喧嘩して、出て行け、とかになると、俺が出なくちゃいかんのだ」

飯寺は、細々とした声で喋った。

「ふうん、別居中か。離婚とか、するの」

喜久子は、聞いてみた。

「俺は、したい。もう限界だ。でも、入院した、となると世話してくれるし。困った問題だ」

怪我のせいもありそうだが、どことなく元気のない飯寺であった。

「そうか。とにかく生きていたようだから、良かったわ。今日は帰るね」

喜久子は、早々に退散した。

「また来いよ、いや、来てくれ」

飯寺はそう言って、喜久子を見送った。

喜久子は、アパートまでどうやって帰ったか、よく覚えていなかった。それぐらい、動揺していた。しかし、気が付けばアパートに戻っていた。

辺りは暗くなり、遠くでネオンが瞬く夜が、また始まるのであった。

＊＊＊

冬の日差しは長い。喜久子が寝ている布団を光が覆っていた。部屋の温度も、幾分上がってきた。ますます布団から出られなくなる喜久子であった。

「飯寺真介。わたしが運転免許を取った年に、付き合っていた人。まあ、付き合っていたと、言えるかどうか。あれから、どうなったのかな。離婚したのかな。でも、あれから確か会っていないと思うな。教習所に行くことも、もう無かったしね。お見舞いも、一度きり行っただけだし。落ち着いていたし、包容力があったな。やっぱり、結婚していたからだね、あの包容力は。もう、参りました、って感じ」

隣の電話が、鳴っている。早朝から、もうすでに何回目だろうか。かなりの回数、かかっていた。

「確か隣の人、携帯電話を持っているはず。この電話かけている人は、そのこと知らないのね。まあでも慣れてくると、電話のベルも目覚ましにはならないな。眠くなってきた」

喜久子は、大きく欠伸をすると、寝返りを打った。記憶が薄れそうになる中で、一つの事件ともいえることを思い出した。

「そういえば、三十代半ばで大事件が、あったなあ」

喜久子は、また一つ別の記憶の中へ、埋もれていった。

引っ越し

喜久子は、三十路も半ばを過ぎていた。周りの知り合いなどは、ほとんど結婚していた。手話サークル時代から付き合っていた石川も、再婚した。石川には、離婚歴があるのだが、なんと別れた夫と、よりを戻したということだ。人の人生は分からないものだ、と喜久子はしみじみ思った。

ところでその日、喜久子は引っ越しの準備をしていた。免許を取ってすぐに車を買ったが、当時のアパートには、駐車場がなかったので、別契約でそれを借りていた。市街地からは少し離れるが、駐車場込みでいい物件が見つかったのだ。しかも、今より家賃が安い。ただ会社には、従業員用の駐車場が無いので、電車通勤となる。電車で五つ目の駅だ。今よりも、通勤時間がかかるようになる。だが、生活にメリハリがつくと考え、引っ越しを決意した。

何日か前から準備を始めて、いよいよ翌日は引っ越しだ。そのころになると、会社が週休二日制になっていた。生活にも、ゆとりが出始め、そしてそのころの喜久子は、わくわくした時間を過ごしていた。喜久子は鼻歌交じりに、皿や茶碗を新聞紙でくるんでいた。

次の日、引っ越し業者が、約束の時間より少し早く来た。

「おはようございます」

二人の引っ越し業者は、元気に挨拶をした。

「おはようございます、よろしくお願いします」

喜久子も、元気に挨拶した。

引っ越し業者がテキパキと仕事をこなすのを見て、喜久子は感心した。もともと喜久子の家財道具は普通より少ないが、それにもまして、この業者の作業は速い。見ていて、気持ちがいい。あっという間にトラックに積まれた喜久子の荷物は、それから車で二十分ほどの所に運ばれる。喜久子は、自分の車で行くことになる。

「それでは、出ますので」業者が言った。

「はい、お願いします」

その時喜久子は、大家と話をしていた。

引っ越しのトラックが、大型車特有のエンジン音をたてて、先に出た。

「今日の夕方、部屋の鍵をお返しに参ります。挨拶はその時に改めて」と言い残して、喜久子も、急いで自分の車に乗り、トラックの後を追った。

比較的早く、新居に着いた。そこでも業者は、テキパキと仕事をこなす。新居の隣に、雑貨店があった。そこの表に設置されている自販機で、喜久子は缶コーヒーを二つ買った。

「作業終わりました」

業者のうちの年配者の方が、伝票を持って喜久子のところに来た。

喜久子は、先ほど買った缶コーヒーを渡そうとした。

「どうぞ、お構いなく」業者は言う。

「そうおっしゃらずに、どうぞ。お疲れでしょう」

喜久子は、再度缶コーヒーを渡す。

「それじゃ遠慮なく、いただきます」

今度は、受け取った。

作業報告書にサインを求められた喜久子は、名前を記入し、用意していた現金を差し出した。

「ありがとうございます。確認させていただきます」

業者は、何枚かある札を数えた。

「確かにお預かりいたしました。ありがとうございました。只今領収書を用意いたします」そう言って、カバンの中から領収書を出し記入した。それを喜久子に渡す。そして「ありがとうございました」と深々と頭を下げた。

「こちらこそ、ありがとうございました。ご苦労様でした。気を付けて帰って下さいね」喜久子は、相手をねぎらった。そこへ向かう途中で、県道から脇道に入る時トラックは一度切り返しをした。トラックのすぐ後ろを走っていた喜久子は、それを見ていた。帰りは大丈夫だろうかと、少し心配していたが、何の問題もなくトラックは出たようだった。

引っ越し業者が運んでくれた荷物をそのままにして、喜久子は出かけた。

向こう三軒両隣とよくいうが、何軒分を買えばいいのか、喜久子は少し迷っていた。そうなのだ。喜久子は、引っ越しの挨拶の時に持っていく手土産を買うために、出かけたのだ。喜久子の新居となる建物には、六世帯分の部屋がある。アパート形式だが、それまで住んでいた所と違うのは、木造から鉄筋になったことだ。二階建てなのは前と同じで、上下階にそれぞれ三世帯が入居できる。一階の西側が空室で、喜久子が入居したので五世帯、自分への手土産は要らないから四世帯分ということになる。後は大家、自治会長やこの地域の世話役の人にも要るかな、などと考えつつ喜久子は、車を走らせていた。

「何がいいかな」

いろいろ考えるのもまた楽しいと思う、喜久子であった。

アパートの住人へは、タオルを持っていくことにした。大家には、この地区にある老舗の海老煎餅を二つ買った。必要になるかどうか分からないので、自治会長や地域の世話役への名目では買わなかった。買った海老煎餅のうち一つは、前のアパートの大家に、帰る途中に寄って渡した。鍵と一緒に渡したが、その時に、あなたがいないと思うと寂しいわ、と言われ、意外に感じた。前のアパートにいる間、ほとんど会わない人だったのだ。最初に入居した時も、手土産は持って行ったが、本当に挨拶だけで終わったから、後々の交流も全然なかった。なのに、寂しいと言われた。不思議だ、と思う喜久子であった。

喜久子は、新居のアパートに帰った。二階の東側の部屋が、喜久子の新しい住まいとなる。おもむろに片付けを始めた。

玄関のチャイムが、鳴った。

「はい、どちらさまですか」

喜久子は、台所にあるインターホンを取った。

前のアパートと比べて、進化したともいえる設備である。ドアを開けなくても、来客と話ができる優れものが、そこにはあった。

「ガス屋です。こちらの大家の菅原さんから、依頼を受けて参りましたが」

大きな声で、話す人である。

「はい、すぐ開けます」

喜久子も大声になっていた。

「今日、お昼から入居とうかがっていましたので、もうこの時間なら落ち着いているかと思い、参りました」

丁寧に挨拶をするガス屋である。喜久子は、安心感を持った。

新しい大家とは、前もっていろいろ決めていた。なにしろ、喜久子の引っ越し当日は緊急の用事があり、夕方まで帰らないとのことで、その分細かく決めてあったのだ。

ガス屋が、ガスコンロを設置し配管をしている。ガスコンロは、あらかじめ喜久子が仮置きしていた。点火のテストもスムーズに進んだ。次に風呂場をチェックしていた。二十分ほどで作業は終了した。

「このガス供給にはですね、緊急時の対策がありまして。お風呂で四十分以上、ガスコンロで四時間以上、ガスが出っぱなしの状態の時には、ガスの供給を止めるシステムがあります。もちろんすぐには止まりません。一度お客様に確認の電話を入れます。応答が無い場合はガスがストップします。いうなれば、ガス漏れを防ぐ取組でして。このシステムを使うために、お客様の電話回線を使うのですが、ご承諾をいただけますでしょうか」

ガス屋が、喜久子のそばに来て細かく説明した。

「あ、そうですか。分かりました」

喜久子は、承諾した。凄いハイテク技術だと、思った。

「電話番号を教えていただけますか」ガス屋は言う。

「はい、でも電話は明日のお昼を過ぎないと、使えませんが」喜久子は答えた。

「番号は決まっていますよね」

「ああ、はい、これがそうです」

喜久子は、カバンの中からメモを出して、ガス屋に見えるように広げた。ガス屋は、それを書きとめた。

「明日から、通じるわけですね」ガス屋が念を押す。

「はい、お昼からです」喜久子が言う。

「分かりました。では手配をします。ありがとうございました。これで失礼します」ガス屋は、お辞儀をして帰って行った。

「そういえば、ここ、めちゃくちゃ静かだな」

喜久子は、だいぶ慣れてきたのか周りの雰囲気が分かり始めた。一階にあった集合ポストの様子から、住人達が留守だとは察していたが、あまりにも静かなのである。どうやら、周りが静かなようだ。県道から少し入り込んでいるのと、市街地と比べると民家の密集度が低い。地方の中堅都市ではあるが、市街地を少し離れただけで、田舎風になる。近くに田畑がある、のどかな場所だった。

階段を上がってくる足音がした。階段は建物の東側にある。どうやら喜久子の部屋からだと、足音がよく聞こえるようだ。しばらく耳を澄ませて、喜久子は足音の行方を追った。一番端の部屋の前、つまり西側の部屋で止まったようだ。やがて、鍵を回す音がしてドアが開いた。一呼吸置いてから喜久子は、タオルを持ち、そこへ行くことにした。タオルには、あらかじめ熨斗を付けておいた。それを持って、喜久子は自分の部屋を出た。

「こんにちは」

ドアの横のインターホンを押して、喜久子は、声を掛けた。

「はい、どちら様」インターホンから声が聞こえた。

「今日、こちらに越して来た者です」

喜久子はインターホンに向かって声を掛けた。

「はい」

住人は、すぐに出てきた。

「こちらの二〇一号に越して来た、池上喜久子です。よろしくお願いします」

喜久子は、ニコニコして挨拶した。

「こちらこそ、よろしくお願いします。わたしは藤田リサです」

若い人だった。

「あの、これよかったら使って下さいね」

喜久子は、タオルを渡した。

「ありがとうございます。うわっ、可愛い柄のタオル、ありがとう」

藤田は礼を言った。

「では、失礼します」

喜久子は、軽く頭を下げた。

「ありがとう、大切に使います」

その住人は、タオルを気に入ってくれたようだ。喜久子は嬉しかった。集合ポストで名前を見て、ある程度住人の目星を付けて図柄を選んで買ったタオルだったので、的中した喜びがあった。

喜久子は自分の部屋に帰って、大家の家へ行く準備を始めた。部屋の鍵を持ち、大袋の海老煎餅と、タオルも小さな紙袋に入れて持って出た。

一階に降りると、真ん中の部屋の台所から明かりが漏れているのが見えた。喜久子は、タオルを持ってその部屋を訪れた。青色のタオルを渡した。ポストには苗字しか書かれていなかったので、無難な色にしたのだ。男性だったので青で良かったと、喜久子は思った。

歩いて、二、三分の所に大家は住んでいる。喜久子は、玄関のチャイムを押した。応答が無い、と思っていたらいきなりドアが開いた。

「ああ、池上さん。引っ越しは無事に終わったかしら」奥さんが出てきた。

「はい、ありがとうございます。今片付けています」

「立ち会えなくて、ごめんなさいね。実は今日、法事があってね。夫婦で行かなくてはならなくなってね。勝手してごめんなさい」

奥さんは、丁寧に謝ってくれた。

「とんでもないです。問題なく終わりましたから。あの、これ良かったら召し上がってください」

と、喜久子は海老煎餅を、大きい紙袋から出して渡した。

「あら、お気遣いなく」と言った奥さんだったが「でも、ここの海老煎餅美味しいのよね」と言い、受け取った。

「ただいま」

そこへ、男性が入ってきた。

「あれ、うちの二男坊よ。いい年をしたおっさんよ、もう。そうそう、あなたの隣の部屋で寝泊まりしているのよ。ご飯はうちで食べるの。でも食べたらさっさと自分の部屋へ帰るわ。長男夫婦に赤ちゃんが生まれてからね、うるさいからアパートのたまたま空いていた部屋で寝始めて。黙認していたらそのまんま。半年が過ぎた」

奥さんは、細かい事情を説明してくれた。

「そうですか」

喜久子は、どう答えればいいのか分からなかったが、とりあえずそう言った。

喜久子は暇《いとま》の挨拶をして大家の家を後にした。アパートに戻ると一階の東側の部屋にも明かりが点いていた。この部屋にも挨拶に行った。

自分の部屋に戻った喜久子は、片付けの続きを始めた。まず食器関係の段ボールを整理した。やかんや箸などの荷物を出し、お湯を沸かすことはできたので、喜久子は買っておいた弁当を食べることにした。

小一時間ほどすると、隣の住人が帰ってきたようだ。大家の息子だ。しかし挨拶をしないわけには、いかないだろう。一応は隣人なのだ。

「そういえば、ポストの名前イニシャルだったのよね。T・SのSは菅原、大家と同じってわけね」

独り言を言いながら、四本目の、つまり最後のタオルを持って、喜久子は部屋を出た。

隣のチャイムを鳴らした。

「はい」

隣人は、インターホンには応答せず、直にドアを開けた。

「こんばんは、隣に越して来た池上です。よろしく」

喜久子が言い終わらないうちに隣人は話す。

「知っているよ、さっき会ったたし。俺、利昭、菅原利昭。よろしく。これありがとう」

　タオルを取られた格好になった。ドアも閉められた。

「なんて人なの、もう、大家の息子じゃなかったら、どうなっていたか」

　喜久子は、怒り心頭に発した。

　喜久子は部屋に戻ると、布団袋を開いた。寝る場所を作り、整理ダンスに衣類を入れ、どんどんと片付けた。翌日はテレビのチューニングのために電器屋が来る。電話の切り替え工事も翌日だ。電気や水道使用の届け、住民票の住所も変えなくてはいけない。免許証も然りである。引っ越しとは、かなりのエネルギーが必要であると思う。その次の日は、有給休暇を取っている。すべてを終わらせる意気込みの、喜久子であった。

　次の日も早朝から起きて片付け、昼前にはすべて終わった。部屋がすっきり片付くと、部屋の広さが強調された。今度のアパートは１ＬＤＫである。前は２ＤＫであった。広さ的には同じなのだが、前のアパートは部屋が区切られていたぶん狭く感じていた。新しい部屋は台所と居間の仕切りが無いので、断然広く感じられる。そのアパートに決めて良かったと思った。全ての片付けが終わったところで、喜久子は前の日に買っておいたカップラーメンを食べた。そして、電気や水道の手続を電話で済ませた。

昼一時を少し回ったころに、電器屋が来た。テレビも見られるようになり、普通の生活に戻った。電器屋が帰った後、喜久子は出かけた。まず市役所へ行き、住所変更の手続きをして、警察へと向かった。免許証の住所変更もしなくてはいけない。車庫証明の用紙をもらったので、これは大家に記入してもらう必要がある。なかなか引っ越しに係る諸手続きは、手間である。

夜はご飯を炊き、買って来た肉や野菜で料理を作り、ゆっくりと食事をした。

次の日喜久子は、目覚まし時計のけたたましい音で目が覚めた。いつもより一時間早い設定にしてあったので、無理はないのだが。しかし、会社が遠くなったのだ。電車に乗って二十分かかる距離だ。朝の時間帯は、人が大勢電車に乗る。電車に乗るための体力が要ると考えた喜久子は、朝ご飯をきちんと食べて出勤しようと思い、一時間早く起きたわけだ。

「ああ、やばい、早く準備しなくては」

喜久子は、顔を勢いよく洗った。

「ふう」

顔を洗うと、わりと目が覚めるものである。喜久子は、そう思った。

トーストとコーヒー、それにわかめスープや目玉焼きを作った。急いで食べ、駅へ向かった。その日は、切符を買った。駅員に言って、定期券の申込用紙をもらうことも忘れなかった。会社の証明をもらわないと、定期券を購入することはできない。今日、総務課へ行って証明印をもらわねば、と用紙をバッグに入れながら思う喜久子であった。

一日が、無事に終わった。引っ越しをして初めての仕事の日は、朝少し慌てたがひとまず終わった。駅で定期券も買った。これで明日から、改札を止まらずに行ける。

家に帰って夕食の支度をしていると、玄関のチャイムが鳴った。訪問者である。

「はい、どなたですか」

喜久子は、インターホンを取った。

「菅原だけど、隣の」

大家の息子だった。

「何ですか」

喜久子は、ぶっきらぼうに言う。

「開けてくれないかな」

菅原は大声で言った。インターホンなど要らないほど、大きな声である。ドア越しに聞こえる声と、インターホンから聞こえる声で、ステレオ効果になっていた。喜久子は、仕方なくという調子でドアを開けた。

「何？」

喜久子は、一言だけ言った。

「おう、引っ越し祝いだよ。隙間テープ。文字通り隙間に貼るテープ。サッシと壁の間に貼れば隙間風をシャットアウトだぜ」

そう言って、隙間テープとやらを十個ほど、喜久子に渡した。目を丸くする喜久子に対して、菅原は話を続ける。

「これから寒くなるから、それ重宝するよ。このアパート結構、隙間風入るからな。俺、こういう雑貨類を扱っている卸問屋に勤めているのさ。じゃあな」

菅原は、自分の話が終わった時点で、ドアを閉めて立ち去った。ただ、隣の部屋には行かず、階下へ下りて行った。

「えっ、何あいつ」

喜久子は、変な人が世の中にはいるものだ、と思った。

「でも、引っ越し祝いだって、何か笑っちゃうな」

しかし、案外いい人、と思うのもまた事実であった。

喜久子はもらった品物を、とりあえず整理ダンスにしまった。そして、途中になっていた夕食の準備をまた始めた。

初日は目覚まし時計に起こされた喜久子だったが、二日目からは目覚まし時計よりも早く起きて、それを止めるのが日課となった。二週間ほど経つと、すっかり自分の生活リズムが出来上がっていた。

「おはよう」

朝、部屋を出たところで、喜久子の背後から声がした。

「おはようございます」

喜久子は挨拶した。

菅原だった。大家の息子であるし、挨拶はきちんとしておかないといけない。喜久子は、そう思い挨拶をしたのであった。

「送ってやろうか」

そう言う菅原の右手には、車のキーらしき物が収まっている。

「えっ、何で送るなんて言うの」

喜久子は、不思議そうに言った。

「言ってみただけさ」

菅原は言った。

「はっ、何言っているの」

喜久子は、むっとした顔で言った。

「おおっ、怒ったのか。ごめん、ごめん」

菅原は小走りで喜久子の横まで来ると、そう言った。

「人をからかっているの」

喜久子は、早足で歩き菅原から離れようとした。しかし、すぐに階段となるので、離れるのは無理だった。危うく足を踏み外しそうになるところだった。

「からかってなんかいないよ」

菅原はそう言い、喜久子にぴったりとくっついて階段を下りた。

「あのね、何でくっついて来るの」

階段を下りきったところで喜久子は止まり、菅原に面と向かって言った。

「い、いや、理由はない」

菅原は、そこで止まってしまった。

「ついて来ないでね」

喜久子は念を押した。そして、さっさと歩き始めた。

菅原の気配はない。ついては来なかった。しばらく進んで振り返った喜久子は、いささか驚いた。そこに、階段の脇に、菅原の姿を見たからだ。まるで銅像のように、そこに菅原は立ったままである。しかし喜久子は、何もしなかった。電車の時間が、迫っていたからだ。そのまま踵を返し、駅へ急いだ。

喜久子は、電車に乗ってからも、菅原のことが気になった。何故、あそこで固まったのか定かではない。かなり怪しいと、思わないこともないのだが。しかし、電車に揺られるうちに、徐々に忘れていく喜久子であった。

一日の仕事が終わって、アパートへ帰った喜久子は、自分の部屋へ入る前に、隣の様子をうかがった。まだ帰ってないようだ。やはり気にはなっていた。どうしてあの時、急に立ち止まったまま動かなかったのか、聞いてみたい気持ちがあった。が、留守のようなので、自分の部屋に入った。

二時間ほど経って、隣の部屋に人が入る気配がした。喜久子はちょうどその時、台所で片付けをしていた。手早く洗い物を済ませると、喜久子は隣へ行った。チャイムを押し、住人が出てくるのを待った。菅原が、インターホン越しではなく、直接ドアを開けて出てきた。

「おう、何だ、用事か」

菅原は、酔っていた。

「うわっ、お酒臭い」

喜久子は、右手を大きく振った。

「何だ、俺だって酒ぐらい飲むわ」

かなり酔っている様子である。

「もういいよ、別に用事があったわけじゃないから」

そう言って、喜久子は一目散に、自分の部屋へ戻った。

「なに、あいつ。もう変な奴」

喜久子は、心配して損をしたと思った。そう思うと情けなくなった。もう、相手にするのは止めようと、心に誓った。

次の日は、土曜日である。会社は休みだ。喜久子は、モーニングコーヒーを飲んでいた。

毎週土曜の朝にテレビで放映されている旅番組を見ながら、ゆっくりとコーヒーを味わっていた。

チャイムが鳴った。喜久子は、インターホンの受話器を取った。

「どちらさまですか」

「隣の菅原だけど」

インターホンの中から声がした。今日は、大声ではない。

「何ですか」

喜久子は、つっけんどんに言った。

「昨日は、ごめん。悪かったよ。俺酔っていたから」

謝ってくれているようだ。

「別にいいよ、気にしていないから」

「ここ開けてくれないか、話がしたい」

「今、わたし忙しいの」

「出かけるのか、今日は仕事休みだろう」

「あなたと話すことは、無いから」

こう言ってから、喜久子は少し言い過ぎたと思ったが、後の祭りである。

「分かった、もういいよ」

菅原の声は、これっきりで終わった。足音が、遠ざかっていった。心なしか力のない足取りのように聞こえた。喜久子は後味が悪いと考えたが、仕方がない。気を取り直してテレビを見た。少し音量を上げた。

その日は、一日中テレビを見て過ごした。一日は、意外とあっという間に終わるものである。何もしないうちに、日が暮れた。

玄関扉の方で、何か音がした。喜久子は、玄関まで行ってみた。扉と床との隙間から封筒らしきものが、覗いていた。

「何だろう」

喜久子は、取り上げた。封筒のあて名は、池上様へ、となっている。裏を返してみた。差出人は、菅原利昭である。喜久子は、手紙を放り投げた。玄関の三和土に落ちた。拾った。喜久子は一応、封を開けることにした。一枚の便箋に、びっしりと字が詰まっていた。

「何を書いているのよ、こんなにいっぱい」

喜久子は、広げた便箋と封筒を持って、居間へと移動した。読み始めた喜久子は、いささか驚いた。

「拝啓、愛しいあなた様へ、とか、気の利いた文面で書けたらいいけれど、俺は文を書くのが、めちゃくちゃ下手だ。でも、気持ちは誰にも負けていないと思うので、読んでくれ。いや読んでください。読んでほしいと思います」

と書き出されていたこの手紙、どうやらラブレターのようである。

「何じゃこりゃ」

喜久子は、笑ってしまった。捨てようとも思ったが、読んでから捨てても遅くはない。とりあえず、喜久子は読むことにした。

「俺は、おまえに一目惚れした。理由はない。でも一回見て好きになった。初めて会ったのは、俺の家だった。つまりここのアパートの大家の家だな。いい子だな、と思った。そして、その後に俺の部屋に挨拶に来ただろう。今どき、隣近所に挨拶する人、なかなかいないから、新鮮だったよ。何だか嬉しかった。心臓がバクバクしていた。今も、おまえのことを考えると、俺の心臓は破裂しそうになる。オーバーな話じゃないぞ。本当だからな」

ここまで読んで、喜久子は手紙を机の上に置いた。

「何これ、わたしに惚れたっていうの」

喜久子は、考えていた。人から、好きと言われることは嬉しいものだ。しかし、本気だと思えなかったのだ。確かに、引っ越し祝いだとか言って品物をくれたりした。でもわたしに気があるなんて、到底思えないし、心臓がバクバクするなんて、なんと大げさなことかと思った。小さなため息をついて、手紙を手に取り続きを読み始めた。最後まで、読んだ。

「どうするかな」

喜久子は、考えた。付き合って下さい、と最後にフェルトペンで書かれていた。最後の文字だけ太く書かれてあるのは、かなりインパクトがあるなと思った。おかしな人という印象はあるが、憎めない気がした。だらだらと自分の気持ちを綴った文章を、読むにつれて愛おしさも出てきたのだ。

それにしても、隣はやけに静かである。部屋の中を歩く足音や、テレビの音声が、普段は聞こえるのだが、今は、しーん、と静まり返っている。喜久子は、時計を見た。六時半であった。様子見もかねて、喜久子は隣へ行くことに決めた。髪を手櫛でとき、薄くファンデーションも塗った。ずっと部屋にいたので、化粧をする必要がなかったが、人に会うとなるとエチケットとしての化粧も要るだろう。喜久子はそう思い、薄く化粧した。自分の部屋を出て、隣に向かった。チャイムを押す。応答が無い。もう一度、チャイムを押した。

「誰ですか」

声が聞こえた。

「池上です。良かった、生きているようね」

喜久子は言った。

「はっ、生きていて悪かったな」

ドアが開いた。開くなりこの声である。

「手紙読んだよ」喜久子は、言う。

「そうか」

さっきの威勢はどこへいったのやら、急に声のトーンが落ちたようだ。

「付き合ってもいいよ」

喜久子は、わりとあっさり承諾した。

「本当に？」疑う菅原。

「こんなことで嘘言ってどうするの」

菅原は、小躍りして喜んだ。はずみなのか意図的なのか、喜久子を抱きしめた。かなりきつく抱いた。羽交い絞めみたいな感じであった。はたと気づき、菅原は慌てて、喜久子から離れた。

「心臓がバクバクするわりには、結構大胆ね」

喜久子が、呆れ顔で言った。

「うるさい」

菅原は、どことなく、バツが悪いという顔をしていた。

「顔、赤いよ」

「もういいよ、分かったから」

菅原は、照れていた。

「ねえ、明日どこかへ遊びに行こうよ」

「おう、いいよ。じゃあ明日」

菅原は、今度は照れ隠しにか、手もみをしながら答えた。

「じゃあ、明日。十時ごろでいい」

「おお、分かった。遠いから迎えに行くよ」

「そうね、遠いから迎えに来てね」

喜久子は、菅原のユーモアに応えて、そう言った。

「じゃあ、明日」菅原が、言った。

「じゃあ、明日」

まるでオウム返しである。

喜久子は、ドアを閉めた。ドア越しに、おやすみという声が聞こえた。おやすみと、喜久子も言ってそこを離れた。

自分の部屋に戻った喜久子は、次の日に着る服を物色し始めた。ここ十年ほどは、デートというものをしていない。何を着たらいいのか、かなり迷っていた。行く場所によっても、服装は変わる。明日の朝考えようと決意した。

翌朝十時五分前に、喜久子の部屋のチャイムが鳴った。

「はい、ちょっと待って。今用意しているから。ねえ、何着ているの」

「へっ、何って、何?」

チャイムを鳴らした菅原だったが、急に質問されたので焦ったようだ。

「着ているものよ、何着ているの」

「ジーパンにポロシャツ、あとジャンパーだけど」

不思議そうに答える、菅原だった。

「分かった、ありがとう。もう少し待ってね」

喜久子は、急いで服を着た。紫のセーターにジーンズ、その上にハーフコートを羽織った。

「お待たせ」喜久子は、ドアを開けた。

「おう、いいね」

菅原が、喜久子のことを眩しそうに眺めている。

「行こう、どこへ連れて行ってくれるの」

部屋の鍵を閉めながら、喜久子が聞いた。

「どこへ行きたい」菅原は、逆に聞いた。

「海」

「海か、この寒空に、海なのか」

「わたし、海大好きなのよ」

「そうか、じゃあ海に行こう」

二人は並んで、階段を下りた。菅原は、駐車場に置いてあるハッチバックの車に向かった。白黒のツートンの車だ。小さいがよく走りそうな車である。

「これ、菅原さんの車だったの」

「そうだよ」

菅原が助手席のドアを開け、喜久子に乗るように手で促した。喜久子が助手席にきちんと収まったのを確かめると、そのドアを閉めた。そして、菅原は運転席に乗った。ゆっくり車は動いた。しかし、ゆっくりだったのは最初だけであった。徐々にスピードを上げる菅原である。左右の景色が、飛んでいるように見えた。小型車だから速く走っているように感じるのか、運転もうまいようだ。菅原は、確かに運転が上手であった。安定感のある走り方をする。まるでプロのドライバーなのか、と思うほどである。なかなかどうして、速く走っているようにみえるが、制限速度ちょうどである。車は、高速道路の入り口に来た。

「これより、車は高速道路を走行いたします」

菅原は、高速に入り発券機でチケットを取り、それを口にくわえた。トップギアに入るまで、口にくわえたままでいるつもりなのか。

「貸して、わたしが持っているから」

喜久子が、チケットを口から取った。

「えっ、歯形が付いている」

喜久子は、少し焦ったが、気にせずそのまま持った。

高速に入ると、菅原の独壇場だった。遅い車をどんどん抜いていき、すいすい走る。

しかし、極端に速いわけではないようだ。制限速度を少し上回る程度である。でも、景色は勢いよく流れているし、なにより爽快感のある走り方なのだ。

「運転、うまいのね」喜久子が、感心して言った。

「そうか、ありがとう。レースで鍛えたからな」

「レースしていたの」

「昔のことだけど」

「ねえ、レースの話してよ」

喜久子は、興味津々だった。実は、F1レースのテレビ中継が好きで、よく見るのであった。自分も、あれぐらい速く走れたらいいな、とさえ思っている。ただ単純に、そう思っている喜久子なのだ。

「ラリーとかに出ていたよ。本当は、二輪の方が好きだけどな」

「オートバイなの」

「そうだ。勝敗が最後まで分からないから、その分面白い」

「そうなの」

「こけることもあるし。思わぬところで、無名の選手が大勝利。どんでん返しがあるのさ」

「へえ、なるほど。でも、こけたら痛そう」喜久子は、素直にそう言った。

「痛いで済んだらいいけど」

　ちらっと喜久子を見て、言う菅原である。

「そうだね。ねえ、F1とかしないの。あれは特別な人」

　喜久子は、思っている疑問をぶつけた。

「ある意味、特別だな。一度でもレースの経験があればやってみたいと思うよ。でもな、レースって金がかかるのさ。F1なんて、実力は当然必要だけど、最終的には、経済力がものをいう。足の引っ張りあいも、あったりするし」菅原は言う。

「そうなの、まあ、分かる気もするけど」喜久子は、素直だ。

「あくまで噂だからな。俺もよく分からない。中身は知らない方がいいかも。テレビを見て、楽しむぐらいにしておけ」

「なんか、複雑そう」

喜久子は、少し考え込んだ。

汚れた世界だというのは、聞いたことがあった。どこで聞いたかは、覚えていないのだが、記憶のどこかに、その事実がある。それにしても、元カーレーサーなんて、なかなかかっこいいではないか。喜久子はそう思うと、急に菅原のことを頼もしく感じた。

一時間ばかりで隣県の海辺に着いた。やはり早い。元カーレーサーは伊達じゃないようだ。確かに、運転はうまかった。

「やっぱり早い。わたしだったら、今頃まだ県境にいるわ、たぶん」

車を降りながら、喜久子は率直な感想を言った。

「早く着く方が、いいだろう」菅原は言った。

二人は、駐車場を出て、砂浜へ向かった。冬に海へ来る人など居るのか、と思う喜久子だったが、予想は完全に外れた。砂浜は、かなりの人だかりであった。喜久子が住んでいる地域と違って、ここは南に位置するので暖かい。風は吹いているが、冷たさが無い。心地よい環境だ。喜久子はまるで子供みたいに、浜辺の砂を両手ですくって、上から下へ落とした。菅原は、海の向こう、遥か遠くを見つめ、「おーい」と叫んだ。

「返事はないな」菅原は、砂遊びをする喜久子に向かい言った。

「返事ね。こだまとかは、ないでしょう。ここ山じゃないし」

「こだまか、おーい、と言ったら、何だよー、って返ったりして」

「へっ、そんなアホな」

喜久子は、手に握っていた砂を前方に投げた。

喜久子は、両手に大量についた砂を払い、菅原と同じように「おーい」と叫んだ。

「何だー」菅原が、海に向かい叫んだ。

「お腹空いたー」喜久子が言う。

「何か食べるかー」菅原。

「そうしようー」

二人は、砂浜を後にした。駐車場の脇に出店がある。この地域の名物料理を食べさせる店がたくさん出ていた。焼きそばや、たこ焼きの屋台もある。産地直送の野菜を売っている店もあった。

「あそこの店にしよう」

菅原が選んだのは、丼物の店だ。

「ああ、海鮮丼って美味しそうだね」喜久子が言った。

二人は、そこへ入った。地元の新鮮な魚で作った海鮮丼が、目玉商品のようである。二人は迷うことなく、海鮮丼を注文した。美味しかった。魚のあらを使った汁物も、いい味だった。

「美味しかったね」喜久子は満足していた。

「うん、旨かった」

菅原が、楊枝を銜えたまま喋ったので、下に落ちてしまった。

喜久子は、とっさにそれを拾い、テーブルの上の灰皿に捨てた。そして、新しい楊枝を楊枝入れから取って、菅原に渡した。

「ありがとう」菅原は受け取り、口に銜えた。

二人は、店を出た。支払いは、菅原がした。食後のコーヒー代を、喜久子が払うということで、この店の代金は菅原が払ったのだ。出店の中に喫茶店の類はなさそうだったので、車で移動することになった。二人は駐車場に行き、自分たちの車に乗った。朝と同じように、菅原が助手席のドアを開け、喜久子を先に乗せた。そして、運転は菅原がする。

高速のインターに上がる少し手前に、カフェテラスのような雰囲気の建物があった。そこへ入った。コーヒーの種類が多そうだ。店内の造りも洒落ている。注文をする方も洒落て、カプチーノなるものを頼んだ。落ち着く雰囲気も手伝い、二人は長い時間話した。車のことが話題の中心だったが、喜久子は飽きなかった。喜久子には、前日まで変だと思えた人が、その日は最高の男性に見えていた。世の中には、不思議なことが多すぎる。だから、人生は面白いのである。二人が、一所懸命話している間に、周りには客がいなくなっていた。

「もしかして、わたしたちだけみたいよ」喜久子が先に気づき、菅原に言った。

「本当だ、そろそろ帰るか」菅原は言いつつ、腰を上げた。

「じゃあ、ここは払うからね」

「おう、ありがとう、ご馳走さん」

菅原は、あっさりと礼を言った。

もしかしたら、出してもらえるかと思った喜久子だったのだが。でも、それで良いのだ。一方的におごられると、借りができたようになる。ギブアンドテイクの方が、長続きするだろうと喜久子は思うことにした。

高速に乗ってから、見る間に日が暮れた。冬は太陽が沈み始めると、暗くなるのが早いようだ。自分たちの住む町に帰ったころには、すっかり暗くなっていた。

菅原は途中、ファミリーレストランの駐車場に車を止めた。そのころには、全国展開のファミレスというものが、あちらこちらにできていた。リーズナブルなわりに味も良いので、結構人は入っている。

店に入り席に案内されてから、菅原が電話をかけに行った。

「どこに電話していたの」戻った菅原に、喜久子が聞いた。

「おふくろだよ、俺の飯いつも作ってくれているから、今晩は要らないって電話した。けど、もう用意できているって」

「そうか。初めて会った時、大家さんとこの玄関で。あの時、夕ご飯食べに行ったのね」

喜久子は、思い出していた。

「そういえば、お兄さんに、赤ちゃんができたって大家さんが言っていたね」

喜久子が聞いた。

「ああ、兄貴は最近結婚したのさ。新婚三ヶ月で、子供が生まれたよ」

菅原がそう言ったので、首をかしげながら喜久子は指で数えた。

「だから、計算するなって。兄貴も俺も、数字には弱いのさ」

菅原は、喜久子の指折り数えている手を、菅原自身の手で押さえて止めた。

「あ、ごめん」

慌てて、その手を離し謝った。バツが悪そうにその手を頭に持っていき、ぽりぽりと掻いた。

「なるほど」喜久子は、それ以上言うのを止めた。

「兄貴の嫁さんって、十四歳も年下。俺より下。俺とちょうど一回り違う。干支が俺と同じ、でも決して同級生とかではないのさ」

菅原は、細かく説明した。

「もしかして、私より下」喜久子が聞く。

「というか、菅原さんって、何歳なの」と続けて聞いた。

「俺か、今年誕生日が来て四十になる、女性に歳を聞いては駄目っていうけど、おまえ、い、いや池上さんは、幾つだよ」

「幾つに見える」聞き返す喜久子。

「俺よりは下だと思うけど、女性の歳なんか分からないよ」

菅原は、降参ムードで言った。

「十四歳下と言いたいけど。見えないか。今年年女なの」と喜久子。

「四十八か」

「はっ、おじさん何言っているの」

喜久子は、口を尖らせて抗議した。

「ああ、悪い、悪い。二十四だね」

「そうよ」ニコニコ顔の喜久子。

「はあ、冗談にもほどがある」菅原は、ため息をついた。

「二十四歳の時も、あったよ」

二人は、笑った。注文した料理が、運ばれてきた。ゆっくりと食べながら、話は、とめどなく続いていた。

月日が経つうちに菅原は、大家の家では食事をしなくなった。喜久子が菅原の部屋で、食事を作るようになったからである。喜久子にも、張り合いができた。今までは、会社と家との往復、たまに映画を見に行く程度で、特に遊ぶこともしなかった喜久子にとって、毎日に刺激があって楽しかった。

そんな状態の生活が、半年ほど続いたある日のこと、事件が起きた。

週末の夜、喜久子の部屋のチャイムが鳴った。しかし、喜久子はいつものように隣にいた。

「私の部屋に、誰か来た」喜久子が、言った。

「誰か来る予定、あったのか」菅原は聞く。

「いや、別に。誰とも約束はないけど」

喜久子は、少し悩んだ。ここから出てもいいかどうか、考えたのである。彼のことを知っている人なら問題ないが、喜久子の知り合いで、このことを知っている人はほとんど皆無といっていいのだった。考えた挙句、無視することにした。

部屋から遠ざかる足音を聞き、菅原が言った。

「いいのか、帰るみたいだぞ」

「いいよ」

菅原が玄関扉をおもむろに開けて、外を見た。訪問者はちょうど階段に差し掛かったところだった。ジーンズ姿が見えた。上はポロシャツのようだ。

「男だぞ」

菅原は、玄関を閉め、喜久子に向かって言った。

「えっ、男性なの。家間違えたのよ、きっと。わたしを訪ねてくる男性なんていないもの」

「そうか、背高かったぞ」

「高かろうが低かろうが、ずんぐりむっくりだろうが、禿げていようが、家に来るような男いない、残念ながら」

喜久子は、デザートの苺を食べながら言った。

「禿げてはいなかったな」

「用事があったら、また来るでしょう」

喜久子はその夜、自分の部屋には帰らなかった。休みの前日には、菅原の部屋で朝までいて、それからどこかへ出かけたりすることが、日常になっていた。ただ、この日は菅原が仕事の日だったので、朝ご飯を食べてから自分の部屋に戻った。

自分の部屋に戻った喜久子は、テレビを点けた。いつもの旅番組が始まっていたので、それを見た。

昼近くになって、喜久子の部屋のチャイムが鳴った。誰だろう。喜久子は、インターホンを取った。従兄弟の小林充だった。喜久子は、玄関を開けた。

「久しぶり、誰かと思ったわ。さあ上がって」

喜久子は、客を快く迎えた。

「久しぶり」

そう言って、充は部屋に入った。

「今コーヒー入れるね」

喜久子は、台所に立った。

コーヒーを入れながら、喜久子は思った。夕べ部屋に来たのは、従兄弟の充だったのか。応答した方が、良かったかもしれない。隣の部屋から出ても、問題は無かったのだ。従兄弟が相手なら、説明すればよかったわけだし、隠す必要もない。実は一ヶ月ほど前に、喜久子は菅原を自身の両親に会わせていたのだ。父親は、何も言わなかったが、母親はとても喜んでくれた。三十過ぎて、何もないのかと思っていたら、素敵な人を連れてきた、と言って大喜びしてくれた母であった。菅原は背が高く、一見するとかなりの好青年に見えるのだ。

「ピザでも取ろうかしら」喜久子が、提案した。

「そういえば、お昼だね」充は言う。

「うん、ピザ頼もう」

喜久子は充と一緒にメニューを見て、選んだピザを注文するため、宅配ピザの専門店に電話した。ピザはすぐに来た。ピザを食べながら、充を見ているうちにあることに気づく喜久子であった。

「ねえ、何かあったの」

喜久子は、聞いた。

「えっ」

ピザを食べる充の手が止まった。

「何か、困っていることとかがあるの」

再び喜久子は、聞いた。

「うん、実は」

初め、充の口は重かった。が、すぐに立て板に水のように喋り始めた。

充は友だちに騙され、連帯保証人になった。方々のサラ金から金を借りている。そんな所から借りたくはなかったが、保証人になっているので、返済を迫られた。実は友だちが夜逃げをしたので、自分が払うしかない。サラ金に行くしかなかったというわけである。

最初はサラ金にはきちんと返済できていたが、利息が半端でないので、今は支払いが滞っている。取り立てが厳しく、家にも帰れず、仕事も辞めてしまった。概要は、こうである。

「お金が要るわけ」

喜久子は、単刀直入に聞いた。

「まあ、そうだけど」

かなりの小声で言う充である。

実はこれについて、喜久子は情報を得ていた。菅原と一緒に実家に帰った時、母親から聞いて知っていたのだ。ただ、充が喋った内容とは、かなりの食い違いがある。借金をしたのは、あくまで充本人であること。喜久子の母親は、そう言っていた。どちらの言い分が正しいのかは、喜久子にはほとんど無意味なことだ。

「借金って、幾らあるの」

喜久子は、聞いた。

「五百万ぐらい」

さっきよりは大きい声で言う充だった。

「へっ、五百万円」

喜久子は、驚いた。そして言った。

「無いよ」

充は、下を向いていた。

「そんな大金、わたしは持っていないよ」

仮に、あったとしても貸せないと思ったのだ。充は悪い人間ではないが、仕事も転々としていて今は家にも帰っていない。どこでボタンを掛け違えたのか、転落人生である。自分自身で乗り越えないと、真の解決にはおそらくならない。どんな形でもいい、自分で前へ進んでほしい、そう願う喜久子であった。だから、貸せる現金があったとしても、出すつもりはない。

「ごめんね、わたし一人暮らししているし、貯金なんてないのよ」喜久子は言った。

「そうだね、分かった」

充は、おもむろに立ち上がり帰って行った。

喜久子は、考えていた。何故、あんな善良な人が、大量の借金などするのだろう。優しさが身体中から滲み出ている人なのに、何故。努力家でもあったはずだ。人の人生というものは、本当にわからないものだ。つくづくそう思う喜久子であった。

それから十日ほど過ぎた日のことである。喜久子は、菅原の部屋で夕食を作っていた。菅原が、帰ってきた。

「お帰り」喜久子は、出迎えた。

「おまえ、借金しているのか」

菅原が、険しい表情で聞いた。

「してないよ」

「嘘つくな」

菅原は、完全に怒っていた。そして、喜久子を追い出した。

「もう帰れ。もう会いたくないよ、出て行け」

訳が分からず焦る喜久子を、菅原は部屋から押し出した。

「何、急にどうしたの。どうして、まだご飯つくりかけだよ」

喜久子には、何が何だか分からなかった。あまりに突然の出来事に、ただうろたえた。

季節は、そろそろ梅雨入りの時期となっていた。雨が近いのか、風が吹き荒れていた。

＊　＊　＊

「あれは、辛かったな。立ち直るのに、ちょっと時間がかかった」喜久子は、呟いた。

「追い出されて、自分の部屋に帰ってから、パニックだった。何もしていないのに、何故追い出されるの。まったく分からず、ただ呆然としていたな、朝まで。次の日に、利昭の部屋に行ったけど、入れてもらえなかった。その次の日は、わたしが持っている合鍵で、中へ入った。利昭が帰ってくると、つまみ出された。しばらくそれを繰り返した後、一週間したら鍵が使えなくなっていた。鍵を交換したのね。そういや、あの鍵どうしたかな。たぶん、捨てたと思うけど、どこへ捨てたのか、忘れたなあ」

　辛い思い出も、月日が経つと、案外ぞんざいになるものである。喜久子は、鍵をどうしたのか、まるで思い出せなかった。思い出というものは、意外と良いものだけが残る。人間は、思い出を美化できる特殊な能力を、持っているものらしい。少なくとも喜久子は、その能力に長けていたようだ。

「考えてみれば、利昭も惨めだっただろうな。充のやつ、彼の会社に怒鳴り込んだらしいから。金返せ、とでも言ったのかな。真意は分からないけど。わたしは、お金なんてどこからも借りていないのにね。大家にはアパートを、追い出されるし。弁解の余地は、まるでなかった。それにしても充ったら、やってくれたよ。毎日、見張っていたのかな。わたしと利昭の関係を見つけて、彼の会社まで押しかけたからね。一種のストーカーだわ」

一旦、止まっていた隣の電話が、また鳴り始めた。

「もしかして、隣の電話もストーカーだったりして。だけど、いったい充は、利昭の会社で何をしたのだろう。誰も教えてくれなかった。利昭も言ってくれなかったし。最後まで分からなかった。ただ、風の便りで、利昭はその後仕事辞めたと、耳にしたな。まあ、今は、いい思い出の一つかな。そろそろ起きようかな」

喜久子は、そう言うと、布団を出る決意をした。

窓の外の太陽は、かなり上昇していた。

エピローグ

喜久子は、布団から出た。携帯電話のディスプレイを見た。十時近くになっている。台所へ行き、コーヒーを淹れることにした。ミルでコーヒー豆を挽いた。今は手に入るコーヒー豆の種類がたくさんあるのだ。好きな味のコーヒーが比較的安く飲める。何よりも、歳を重ねるにつけ、経済的余裕もできて生活様式に幅も出てきたわけである。

「いろいろな人と付き合ったな。別れた理由は、それぞれにある。でも結婚までに至らなかったのは、何故かな。結婚というものに縁が無いのかな。結婚相談所にも登録したこともあるしね。何回かお見合いもしたけど、駄目だったのよね。わたしを見て、あなたには結婚するっていう意志が足りないのよ、と言った人がいたけど。意志、結婚する意志って何なの。分からない。結婚できている人はみんな、意志をちゃんと持っていたわけなの」

喜久子の自問自答は、しばらく続く。

「所詮、恋愛なんて、誤解と錯覚の連続なのかも」

頭の中であれこれ考えながら、布団を片付け、カーテンを開けた。冬の日差しは、長い。部屋の中まで光が入り込む。ガラス越しだと、温かさを最大限に感じられる。喜久子は、再び台所へ行き、出来上がったコーヒーをカップに入れた。

気が付けば、パジャマのままである。ジーンズと紫色のセーターをクローゼットから出し、着替えた。紫のセーターは、喜久子のお気に入りのアイテムである。

チャイムが鳴った。喜久子はインターホンを取った。テレビモニター付きのインターホンは、一人の男性訪問者を映し出していた。

「ハロー、ビッテ・コム・ヘライン（こんにちは、中へ入って）」

喜久子は、玄関の扉を開けつつ、外国語で喋った。ドイツ語である。

「ハロー」

がっちりした体格で、色白のその男性は、部屋に上がった。

おそらく、部屋にコーヒーの香りが、充満しているのだろう。

「アア、コーヒー飲ンデマシタカ。僕モ飲ミタイヨ」

訪問者は、コーヒーを要求した。

「オーケー」

喜久子はそう言いつつ、準備した。

コーヒーを飲んだ後、二人は出かけた。ドライブに行く話が、まとまったのだった。

冬至が近いころだが、今日は温かい空気が流れているようである。空には綿雲が二つ三つと浮んでいるのであった。

完

あとがき

この小説の構想は、三年前にできていました。しかし、なかなか筆が進みませんでした。そんな時です。司馬遼太郎氏の「坂の上の雲」の、あとがきの部分に目が留まったのは……。

そこには、私は、誰かに読ませようと思って、本を書いていない。一番の読者は自分自身だ。自分が読んで面白ければ、それで良いと思っている、という内容の文章がありました。

きちんと文章を覚えていないので、恐縮ですが……。これを読んで、なるほど、と思いました。自分が面白いと思えたらいいのですね。それから、どんどん書けました。

自分が書いた小説を、世に出したいという夢は、かなり昔から持っていました。文芸社さんが、その夢を、今回叶えてくださいました。私は、とても嬉しくて、天にも昇りそうな気持ちです。

司馬遼太郎氏にも、感謝しなければいけません。私がこういうのは、おこがましいとも存じますが、小説を書く極意を教えていただいたと実感しております。ありがとうございます。感謝です。

この小説に出てくる主人公は、案外どこにでもいる女性だと思います。今の世の中、こういう生き方をしている人、こういう生き方に憧れている人も、多いのではないでしょうか。

他人様が見れば、つまらないかも知れませんが、私自身は、とても楽しく、幸せな気分で書かせていただきました。尚、聾唖者、看護婦等、現在では、別の語に言い換えをされている表記もございますが、時代背景を大切にしたかったので、あえて使わせていただきました。ご理解とご了承を賜りたく存じます。

最後になりましたが、この本を手に取っていただいた方、買い求めていただいた方々に、お礼を申し上げます。

本当に、ありがとうございました。

著者

著者プロフィール

谷口 冴（たにぐち さえ）

本名　谷口富士子
1958年8月、香川県生まれ
香川県在住

恋愛錯誤

2012年4月15日　初版第1刷発行

著　者　谷口 冴
発行者　瓜谷 綱延
発行所　株式会社文芸社
〒160-0022 東京都新宿区新宿1-10-1
電話 03-5369-3060（編集）
03-5369-2299（販売）

印刷所　広研印刷株式会社

ISBN978-4-286-11603-7